文库

俄国文学史略

郑振铎 著

海南出版社
·海口·

图书在版编目（CIP）数据

俄国文学史略 / 郑振铎著 . -- 海口 : 海南出版社，2025. 1. -- (大家学术文库). -- ISBN 978-7-5730-1829-8

Ⅰ . I512.09
中国国家版本馆 CIP 数据核字第 2024TJ9921 号

俄国文学史略
EGUO WENXUE SHILÜE

作　　者：郑振铎
责任编辑：欧大伟
封面设计：格林文化
内文制作：格林文化
海南出版社 出版发行
地　　址：海口市金盘开发区建设三横路 2 号
邮　　编：570216
电　　话：0898-66830922
印刷装订：河北盛世彩捷印刷有限公司
版　　次：2025 年 1 月第 1 版
印　　次：2025 年 1 月第 1 次印刷
开　　本：635 mm × 960 mm　1/16
印　　张：10
字　　数：147 千字
书　　号：ISBN 978-7-5730-1829-8
定　　价：39.00 元

“大家学术文库”编者按

中国学术，昉自伏羲画卦，至周公制礼作乐而规模始备。其后，王官失守，孔子删述六经，创为私学，是为诸子百家之始。《庄子》曰：“道术将为天下裂。”孔子殁后，儒分为八；墨子殁后，墨分为三。诸子周游天下，游说诸侯，皆以起衰救弊、发明学术为务，各国亦以奖励学术、招徕人才为务，遂有田齐稷下学宫之设。商鞅变法，诗书燔而法令明；始皇一统，儒士坑而黔首愚。当此之时，学在官府，以吏为师，先王之学，不绝如缕。至汉高以匹夫起自草泽，诛暴秦，解倒悬，中国学术始获一线生机。其后，汉惠废挟书之律，民间藏书重见天日。孝武之世，董子献“罢黜百家，表彰六经”之策，定六经于一尊。其后，虽有今古之分、儒释之争、汉宋之异、道学心学之别、义理考据之殊，而六经独尊之势，未曾移也。

及鸦片战起，国门洞开，欧风美雨，遍于中夏，诚“三千年未有之变局”。当此之时，国人震于列强之船坚炮利，思有以自强；又羡于西人之政教修明，思有以自效。于是有“变法守旧之争”“革命改良之争”“排满保皇之争”，而我国固有之学术传统，亦因之而起变化。清季罢科举而六经独尊之势蹙，蔡孑民废读经而六经独尊之势丧。当此之时，立论有疑古、信古、释古之别，学派有“古史辩”与“学衡”之争，学说有“文学革命”“思想革命”“文字革命”“伦理革命”诸说，师法有“师俄”“师日”“师西”之分，众说纷纭，莫衷一是，百家争鸣，复见于近代。

民国诸家，为阐明道术、解救时弊，著书立说、授课讲学，其学术思想，历久弥新，至今熠熠生辉，予人启迪。然近人著作，汗牛充栋，多如恒河之沙，使人难免望书兴叹，不知从何下手，穷其一生，亦难以卒读。因此之故，我们特精选最具代表性之近人著作，依次出版，俾读者略窥学术门墙，得进学之阶。此次选辑出版，虽未能穷尽近人学术之精品，难免有遗珠之憾；然能示人以门径，使人借此以知近人学术规模之宏大、体系之完密，亦不失我们编辑出版“大家学术文库”之初衷。

此次出版，为适应今人阅读习惯，提升丛书品质，我们特对所选书籍做了必要之编辑加工，约有如下诸端：

一、改繁体竖排为简体横排；

二、修正淘汰字、异体字，规范标点符号用法，为一些书加新式标点；

三、校改原稿印刷产生之错字、别字、衍字、脱字；

四、凡遇同一书稿中同一人名有两种及以上不同写法者，一律统改为常用写法。

除以上所举四点之外，其余一仍其旧，力求完整保持各书原貌。

然限于编者之有限学力，书中疏漏之处，在所难免，尚祈广大方家、读者诸君不吝批评斧正。

编　者

2024 年 3 月

序

我们没有一部叙述世界文学，自最初叙到现代的书，也没有一部叙述英国或法国、俄国的文学，自最初叙到现代的书。我们所有的只是散见在各种杂志或报纸上的零碎记载：这些记载大概都是关于一个作家或一部作品，或一个短时间的事实及评论的。这实是现在介绍世界文学的一个很大的缺憾！在日本，他们已有了许多所谓《支那文学史》《英国文学史》《独逸文学讲话》之类的书。在英国或美国，他们也已出了不少种的世界文学史丛书；如伦敦 T. Fisher Unwin 公司所出的《文学史丛书》（*The Library of Literary History*）出版的已有印度、爱尔兰、美国、波斯、苏格兰、法兰西、亚拉伯、俄罗斯等国的文学史；Edmude Gosse 所编辑的《世界文学史略丛书》（*Short Histories of the World Literatures*）也已出版了中国、日本、亚拉伯、俄罗斯、西班牙、法兰西、意大利等十余国的文学史。其他关于希腊、罗马及波兰、犹太等国的文学史一类的书零星出版的，尚有不少。

如果要供给中国读者社会以较完备的文学知识，这一类文学史的书籍的出版，实是刻不容缓的。

我们一年以前，曾有出版文学小丛书的计划，我们也曾想在这个小丛书里面，把关于文学史的材料多包括些进去。后来虽曾陆续的收集了几部这一类的稿子，但因须加修改与继续工作之故，现在只能先把我的《俄国文学史略》发表。

每种文学史略，大概都附有大事年表及参考书目。我们觉得这两种东西，对于读者是很有用处的。参考书目里所举的书籍，大概以英文的著作为主。

关于这一类的文学史略的一切提议与错误的指正，我们是十二分的欢迎领受的。

郑振铎　十二,十,三十一。

目录

第一章

绪　言

俄国的文学，和先进的英国、德国及法国及其他各国的文学比较起来，确是一个很年轻的后进；然而她的精神却是非常老成，她的内容却是非常丰实。她的全部的繁盛的历史至今仅有一世纪，而其光芒却在天空煊耀着，几欲掩蔽一切同时代的文学之星，而使之暗然无光。

半世纪以前，俄国的文学，绝未引起世人的注意；但隔了不久，她的一切文艺作品，已如东流的急湍，以排山倒海之势，被介绍到英法德及至其他先进国的文字里去了。她的崇拜者白鲁乃狄（Ferdinand Brunetiere）曾说，有一个时期，如果看见一个法国人手里拿了一本常常遇见的黄色封面的书，便可以很确实的决定这是一本俄国一个大小说家所著的小说。在英美二国，其盛况虽没有到这样地步，而托尔斯泰、高尔基、柴霍甫诸人的著作，也到处都有人崇拜。在日本，则“俄国文学热”到现在还没有退。在最近的中国，她的作品之引人注意，也比任何国的文学都甚些。

俄国文学所以有这种急骤的成功，决不是偶然的事。她的真挚的与人道的精神，使她垦发了许多永未经前人蹈到过的文学园地，这便是她博人同情的最大原因。

在下面，先把俄国的地势、人种、言语及历史的大略说一下，然后再进一步而叙述她的文学的发达史。

地　势

我们一看欧洲的地图，便可以完全明白俄国的地势。她占有欧洲东部的一块大平原，东至乌拉山，南至高加索，全境几全为低原或平原。她的北方是泽地，泽地以南是大森林，再南是一块极大的农业的平原，最南是草原。她近海的地方极少，但国内河流极多，伏尔加（Volga）河是欧洲最长的一条河。她的城市，在文学及历史最著名的有基辅（Kiev）、诺夫格洛（Novgorod）、莫斯科（Moscow）及彼特格拉（Petrograd）等地。她的人民，以农夫占最大多数。

人　种

俄国的人种原是斯拉夫（Slav）族，后来又与斯坎德那维亚人（Scandinavians）及芬兰族（Finnish）混合。因为俄国的地位在欧洲东部，正当欧洲与亚洲之卫，所以她同时受东方与西方的文化的很强烈影响。十三世纪时，鞑靼族以疾风骤雨之势侵入俄国，占领她的最肥沃的土地至数世纪之久。自然，这个事实，对于俄国的习俗与文字，不免留有多少影响；但在民族性上，其影响却极少。到今日俄国人还纯粹是斯拉夫人，保持一切斯拉夫民族的特性。

俄国人因受特殊的气候，土地的状况，以及数千百年的生活状况的支配，其性情自有一种特别的所在。俄国人之服从与忠实，是久著称于世的。他们的思想敏锐而有急智，极喜欢辩难讨论。他们的天性是宗教的，而且大部分是相信定命论的。他们很会忍耐，能受长期的痛苦而不为屈。他们同情心极盛，爱同类，且爱一切生物。他们又是很坦白，很坚定的。不过他们也有许多坏处，他们很富惰性，易趋于极端，沉思于空想而不易见于实行，且缺乏独立的气概。龚察洛夫所描写的阿蒲罗莫夫（Oblomov）与屠格涅夫所描写的路丁（Rudin）便是大多数俄人的代表。在其他各作家的文字里，俄国人也极真切的被表现出来，我们读她的文学，便可以明了她的灵魂了。

语 言

斯拉夫族在最初的时候是同说一种方言的。俄国人、波兰人、捷克人、塞尔比亚人及巴尔干人的语言，在根本上都是同样的。后来因为外国语的加入与文法组织的完密，他们的言语便渐渐变异起来。单讲俄国语已有三种大别：一、小俄语，说此语者约有三百万人，都在南部及西南部乌克兰一带；二、白俄语，说此语者约有八百万人，都在西北部一带；三、大俄语，此为俄国最通行的正统语言，一切文字及文学上所用的，大概皆为此种语言，说此语者共有八千万人。不过这几种语言的根源都还是相同的。其相异的程度正如西班牙文之与葡萄牙文，或挪威、丹麦文之与瑞典文。

斯拉夫各民族，都各有他们的文学，便是小俄与白俄也自有他们的文学与民歌。我们现在所讲的则限于用大俄文写的一切文学，不涉及小俄及白俄。因为俄国的重要文学作品差不多都是用大俄文写的。

俄国的文字是发表一切思想与情感的最好利器。屠格涅夫在他病榻所说的最后的话之一，便是劝俄国作家努力保存他们的“宝贵的遗产——俄国文字”的纯洁。罗门诺沙夫（Lomonosov）则以为俄国的文字极为伟大，“其活泼如法文，其刚健如德文，其秀逸如意文，其丰富雄壮如希腊拉丁文”。作《俄国文学的理想与实质》一书的克格巴特金（Kropotkin）也极力称许俄国文字，他以为用俄国文字译的外国文学作品，最能保有原文的特点。

在别一方面，俄国文字又是极通俗的，普希金、歌郭里、屠格涅夫、托尔斯泰诸人的文学作品几乎为最大多数的人民所领悟。俄文的名著，都是几千百万部的流传在乡村之间。当一八八七年《普希金全集》十大册出版时，其销数在十万以上，其零册的诗集及小说集的销数尚不算在内。其他如歌郭里、屠格涅夫、龚察洛夫等的十二册的全集也从书贩的手里，流传到极僻远之乡地，每年各销至二十万部以上。从这个例子里，用以看出俄文的通俗程度，同时，并可看出俄国人民是怎样的嗜好文学。

第二章

启　源

民间传说与史诗

俄国文学在启源时代的最初，也同别的许多国一样，包含有不少的口头传述的民众作品。这种作品，一代一代传下来，最后才写在纸上，搜集起来付印。他们的种类很多，有的是歌谣，有的是英雄故事，有的是史诗。他们的来源也很久，有一部分的诗歌与民间故事，在阿利安时代便已传述歌唱着，还有一部分是从蒙古与土耳其及其他东方诸国传来，其中最著名的是一部名为《依鄂太子远征记》的史诗。这个史诗的产生约在十二世纪末或十三世纪初，它的结构融成一片，内容充满着诗的美感，显然是出于一个作家之手。它所叙的是发生于一一八五年的实事。基辅的太子依鄂（Igor）带了兵去征伐占据俄国东南部的波洛溪（Polovtsi）族。他在路上，遇到种种的恶兆，太阳黑暗了，把影子照在俄国的军队上面，许多的动物也给他各种的警告。但是依鄂不顾，他叫道："兄弟们与朋友们！我们与其做波洛溪的囚徒毋宁死！"于是他们与波洛溪族接触，大战了一次。战时，一切自然界如鹰与狼与狐等等都参与在场中，结果，则俄军大败，依鄂被敌人擒去。后来，他又从敌人那里脱逃回去，一路上溪流发言，山鸟示涂，得到自然界的帮助不少。

像这一类的史诗，在那些诗歌流传的还有不少，惜能够传到现在的，只剩有这一篇了。

史　记

史诗以外，俄国的史记，也是很可宝贵的古代文学。如基辅，如诺夫格洛（Novgorod），如柏加夫（Pskov）及其他各地，在十至十二世纪时都有他的很好的史记。这些史记不仅仅是记载干枯无味的史事，叙述的里面还带有不少的理想的与诗的美，尤其是《基辅史记》（*Nestor's Annals*）至今还是一部很好的名作。诺夫格洛的史记稍感干枯，但当叙述战事的地方，作者笔端也蕴有很丰富的热情。柏加夫的史记，则满含有民治的精神与活泼的描写。作这些史记的人，实都是很好的历史家，很受希腊的范式的感化的。

黑暗时代

一二二三年蒙古族的西侵，把俄国的少年文化完全破坏了。那时，繁盛的为知识中心的都市，如基辅之属，都已荒芜不堪，被逐出于俄国史书以外者至二世纪之久。继蒙古族之后，又有土耳其族侵入俄国南部巴尔干半岛。一切俄国人的生活，都起了很深沉的变化。

教会的权力，渐渐的涨大起来，莫斯科渐渐代替基辅诸地，成了宗教与文化的中心。帝王的权力，奴隶的制度都起于此时。一切地方的独立精神完全崩坏。教会的影响极大. 教士们宣言莫斯科为君士坦丁堡之后，继为“第三罗马”。他们为保持势力之故，极力阻止腊丁教会的权力，以及西欧文化的传入。

这种情形，与俄国以后的人民生活及文学的发展有极深的影响。

蒙古族的压制，虽不久即移去，而继其后的帝王与教会之专横，却也不下于异族。自此俄国的社会便幕上了一层灰色的惨云，直至一九一七年革命之时，才被扫荡开去。

青年的活泼的史诗精神，已不复见。忧愁悲惨的情调遂成为此后俄国文学及民间传说的特质了。

改革的曙光

第一本俄文的《圣经》于一五八〇年时在波兰出版。几年以后，莫斯科便也有了一个印刷局。

这时，基辅已由长久的沉睡里，复苏生而为文艺的中心，并设立了一个大学。后来，莫斯科因为修订圣书之故，大招致基辅的文人，基辅的文化，又移于莫斯科。当时最著名的文人有波洛慈基（Simon Polotsky）。他作宗教剧与宗教史，又作好些诗歌。批评家称之为俄国第一诗人。他的《浪子》也是俄国的第一剧本。

自此至十七世纪末，都无大作家产生。直到彼得第一大改革时，俄国文学才渐渐的有生气起来。

在彼得改革以前，有两个很重要的作家产生；一个是高托欣（Kotoshikhin，1630—1667），他是一个历史家，从莫斯科跑到瑞典，做了一部俄国史，痛言俄国有改革的必要。当时没有什么人注意，直到十九世纪，他的书才被人发现。一个是克利森（Kryzhanitch），他是南俄人，一六五九年被招至莫斯科修订《圣经》，做了一部很重要的书，指陈俄国有澈底改造的必要。二年后，他被流放到西比利亚，后来死在那里。

彼得的努力，则与他们不同，在实行而不在批评。彼得承认文学的重要，他觉得那时俄国所写的文字，与人民所用的口语已大有不同，于是他便创造了一种新的更简单的字母，使言文合而为一。这种字母便是现在所用的。但是他对于文学，完全以实用的眼光看待它，所以当他的时代，真正的文学运动还不能发生。

罗门诺索夫

在实际上，为俄国文学的彼得第一，给后来以极大的影响者，则为罗门诺索夫（Lomonosov，1711—1755）。罗门诺索夫生于白海边一个小村里，他的家庭以渔为生。他离了家庭，步行到莫斯科一个教会学校里读书。后来又步行到基辅。当时，圣彼得堡科学院要莫斯科神学院选出十二个生徒，资送到外国去留学。罗门诺索夫被选为十二人中的一个。他到德国学自然科学。一七四一年回国，被任为科学院的院员。依利沙白女皇时，他极力主张莫斯科大学有成立的必要。此大学遂于一七五五年落成。后来因为政治的关系，被加德邻二世（Catherine Ⅱ）所嫉视。

Lomonosov（1711—1755）

普希金（Pushkin）说："罗门诺索夫他自己是一个大学校。"这句话是实在的。罗门诺索夫除了是诗人以外，还是一位很好的哲学家、化学家、地理学家、天文学家、经济学家以及算学家等等，而他在俄国文学史上的功绩尤为伟大。他扫去一切外国文字的糟粕，发挥俄国文字的本色。他改订国语，以莫斯科方言为文言的标准，并作“俄国文法”以示其准的。

与罗门诺索夫同时代的作家，还有几个要举出来的。甘底麦（Kantemir，1709—1744）是俄国的贵族，曾做过驻英的大使，他的讽刺诗很著名。脱里狄加夫斯基（Tretiakovsky，1703—1769）是一个牧师的儿子，从家庭里逃出来，步行到各处游学。他对于诗韵的订正，极有功绩。泰狄契夫（Tatischev，1686—1750）是很有名的一个历史家，他第一次发见古代史记的价值。修麦洛加夫（Sumarokov，1717—1777）以善作戏曲及讽刺诗著名，批评家称之为俄国的蓝森（Racine）。

加德邻二世

加德邻二世的时代（1762—1796）是俄国文学由黑土中长出绿芽的时代，打破了以前的沉闷空气，引进法国文艺的曙光。虽然当时作

Fonwisin（1745—1792）

家摹仿法国伪拟古主义（Pseudoclassical）太过，而一部分已开始从俄国的实际生活里摇取文艺的材料了。加德邻自己，与法国的哲学家极接近。福禄特尔及卢骚的学说，流传于多数人的口中。她自己也作了喜剧数种，并创刊一种月报。当时的文坛，颇极兴盛之概。文学院也成立起来，派台科瓦公主（Vorontsova—Dashkova，1743—1819）做院长。台科瓦公主极热心的帮助这个文学院，助他们编成了一部俄国字典。当时著名的作家极多。白格达诺契（Bogdanovitch，1743—1803）的寓意诗，轻妙幽秀，方委真（Fonwisin，1745—1792）的戏曲真挚感人。他的《旅团长》《未成年者》二剧，树纯俄国式的喜剧的标本。诗人梅加夫（Maikov）以写国民性格见长，引文学与日常生活接近。第一哲学家诺威加夫（Novikov，1742—1818）的作品，富有平等博爱的精神，陶泽文与拉特契夫尤为诸文人中的杰出者。陶泽文（Derzhavin，1743—1816）是伪拟古主义的最大的作家。他的著作，虽中伪拟古主义的毒，而诗的真美，仍不时流露。他的《神》一诗，批评家誉之为“前

Derzhavin（1743—1816）

人”。拉特契夫（Radischev，1749—1802）是俄国文学史上第一个牺牲者。早年被派到德国去留学。一七九四年，他回到俄国，出版了一部《从圣彼得堡到莫斯科的旅行》，在这部书里，他叙述他的感想，民间生活，与道德及哲学上的各种讨论，尤其注重的是奴制的残忍，法庭的不法与政府的恶劣。加德邻二世此时，震于法国的大革命，已觉到自由思想的危险，遂力反以前的放任主张，立刻命将这部书毁板，并把拉特契夫流逐到西比利亚的最东部。一八〇一年，拉特契夫被赦回国，但他见俄国政治无改革的希望，赦回后即自杀而死。

十九世纪的初年

十九世纪是俄国文学史上的最绚烂的时期。这种文学的光明乃是以前的数百年所蕴蓄而未能照射出来的。为十九世纪新文学开端最大的作家，是普希金（Pushkin）。在普希金以前，有两个很重要的作家必须举出，这二人便是历史家卡伦辛（Karamzin）及诗人助加夫斯基（Zhukovsky）。

卡伦辛（Karamzin，1766—1826）的《俄国史》，于当时及后来的影响都极大。这部书共有八大册，出版后二十五日，初版三千部即已售尽。但他不仅是大历史家，且是一个很伟大的小说家。他的《国外通信》（*Letters of a Russian Traveller Abroad*）的势力，几乎较他的史书为尤大。他在这部书里，想把欧洲的思想，哲学与政治生活的情形传布于民众。卡伦辛的小说，都是感伤的浪漫主义（Sentimental romanticism）的作品。这种作品正是当时所需要的，因为这是伪拟古派的有力的反动。在卡伦辛的许多小说里，最感动人的是《可怜的丽莎》（*Poor Liza*，1792）一书。他叙一个不幸的农家女郎，受一贵族的诱惑，后此贵族又弃之不顾。女郎遂悲愤自沉于池。这部书的描写，并不甚真实，女郎所说的话极文雅，

Karzmzin（1766—1826）

不像一农女。但当这书出版时，竟引起时人的狂热。书中所指的女郎自沉之池，竟有许多富于感情的莫斯科少年跑到那里去凭吊她。对于弱者与农人的同情，为后来俄国文艺的重要特质之一，而在卡伦辛之时已见其端了。

助加夫斯基（Zhukovsky，1783—1852）是一个纯正的浪漫派诗

Zhukovsky（1783—1852）

人。他自己的作品不多。他的大工绩乃在引进英德及其他各地的诗歌到俄国的文坛，打破以前的寡陋的法国崇拜的风尚。他译了席劳（Schiller）、乌兰（Uhland）、亨特（Herder）、拜伦（Byron）、慕尔（Thomas Moore）及其他诗人的作品，又译荷马的《亚特赛》（*Odyssey*），印度的诗歌，及西方斯拉夫的民歌。他的译文极美丽，但不是直译的，译文里渗透了不少的助加夫斯基的分子进去。他自己的诗也很好，但他只向好处写去，缺乏反抗的自由精神。最富于这种反抗精神的是“十二月党”的诗人李列夫（Ryleev）。

十二月党

十二月党的举事（The Decembrists）是十九世纪初俄国的一件于政治与文学都很有影响事。拿破仑战争时，俄国有许多官吏军人

Ryleev（1795—1826）

逃到西欧去。他们饱吸着西欧的自由空气，等到回国时看见本国政

治的黑暗，与当局者的压制，便忍不住要起一种改革的运动。这个运动，酝酿得很久，在一八二五年十二月亚历山大一世死时，他们便在圣彼得堡里竖了革命的旗帜，但因平民附和者极少，这种运动立刻便被军队压平。一百多个最优秀的青年，被流逐到西比利亚，还有五个人被判决死刑。诗人李列夫便是这五人中之人。李列夫（Ryleev，1795—1826）比普希金大几岁，他曾到法国去过两次。他虽然不欲以诗人自命，但他的诗歌，却有远大的成就的希望。他的夭亡，实是俄国文学史上的一个损失。到现在我们读他的诗，还深深的感到他的爱自由与反抗压迫的精神。

第三章

普希金与李门托夫

普希金

自普希金（Alexander Pushkin，1799—1837）出来以后，俄国才有引起世界注意的伟大诗人。

普希金的诗才极高，格律极美备，叙述极自然。他是俄国的第一个国民文学家：用纯粹的本国的文字，美丽的写下许多伟大的名著。他的家庭是莫斯科的一家贵族。他的父亲是当时贵族的一个模式，喜欢法国的文学，喜欢闲琐的谈话。他买了许多文学书放在家里，但普希金受他的影响并不深。普希金少时最好的伴侣乃是他的祖母与一位老乳母，他从她们那里，开始学习俄文，又从乳母那里得到许多民间传说，为他的诗文的资料。他后来到圣彼得堡入学。在他毕业以前，他已有很惊人的诗名。陶泽文与助加夫斯基都极口的赞许他。助加夫斯基送普希金一个相片，上面写道："给一个学生，从他失败的先生。"他同一班从事于政治运动的十二月党，都是很好的朋友。他深受他们的影响，写了一篇《自由歌》，又写了许多含有革命思想及讽刺当局的诗歌。因此，在一八二〇年，当他仅有二十岁的时候，便被政府放逐到一个乡僻的小镇去。不久，又允许他到克里米与高加索去旅行，在这个旅行里，他写了不少极优美的抒情诗。一八二四年，政府命令他到中俄去。当一八二五年，十二月党起事时，普希金还在那个地方，所以没有加入。不然，他也要同一班青年并被逐到西比利亚去了。不久，尼古拉第一允许他回圣彼得堡，并命他供职于宫庭。他同一个妇人结了婚。一八三七年，他因为妻子的缘故，和俄皇很信任的一个法国人决斗，被杀，年三十七。

Pushkin（1799—1837）的幼年

普希金的著作极多。他很受拜伦（Byron）的影响，但他的艺术似乎较拜伦更为精进。他最初的著作，《路丝兰与陆美娫》（*Ruslan and Ludmila*），本是一篇民间流传的神话，他把它放进他的美丽的诗里去。当此长诗出现时，影响于俄国文坛极大。伪拟古主义从此永被驱出文坛之外，每个人想读这首诗，每个人都能把这首诗的词句记在心头。这首诗的故事，是普希金从他的老乳母的口里听来的。陆美娫和路丝兰行结婚礼后，天忽变黑，雷雨交作。雨后，陆美娫忽不见。不幸的丈夫遂同三个别的少年同去救她。经过许多危险，路丝兰才把陆美娫救出来！情节与一切流行的神话差不多，而此诗之所以能这样动人，其原因完全在普希金诗才的超绝与词句的警奇艳美。

Pushkin（1799—1837）

普希金还做了许多剧本，以历史剧 *Boris Godunov* 为最著。但最重要的要算是他的用韵文写的长小说《亚尼征》（*Evgheniy Onyeghin*）。在这部小说里，他的天才几乎表露无遗。亚尼征是书中的主人翁。他受过高等教育。有一个夏天，他住在别墅里，与邻居的一个少年诗人成了极亲切的朋友。他们又认识了一家邻居。这邻居有一个母亲，两个女儿。她们的名字是泰台娜（Tatiana）和亚尔格（Olga），姊妹二人情性全不相同。亚尔格没有什么思想，泰台娜则聪明而有天才。少年诗人恋爱亚尔格，他们快要结婚了。泰台娜则恋爱亚尼征，她写了许多极恳挚的信，坦白的告诉他她的恋情。但他不大理会她，却与亚尔格有了恋爱。因此，亚尼征与少年诗人决斗。他把少年诗人杀了，被迫离开这个地方。泰台娜对于亚尼征还很真挚的爱着。后来她到了莫斯科和一个老将军结了婚。他们到圣彼得堡去，她时出现于宫庭宴会上。有一次，亚尼征遇见了她，不知她就是以前的泰台娜，他这时却恋爱着她，写了许多信去。但她不覆他的信。有一次，他到她家里，正遇着她在读他的信，眼里充满着泪。他向她热烈的求爱，但被她拒绝了。她拒绝他的话，是全书最美丽最动人的一段，曾有无数的俄国妇人，把这一段诗，读着诵着，为之流涕叹息！

普希金晚年时，又从事于散文的的著作。历史小说《甲必丹之女》（*The Captain's Daughter*）是一部很重要的作品。还有许多短篇作品也都很有影响。他在巴尔扎克（Balzac）之前，把写实派的精神，引进到俄国文坛里。克洛巴特金（Kropotkin）说，李门托夫、赫尔岑（Herzen）、屠格涅夫及托尔斯泰的小说，所受的普希金的影响似乎较歌郭里更直接些。

李门托夫

李门托夫（Lermontov，1814—1841）全部分的文学生活仅有八年，但他的成功，却并不下于普希金。他的母亲是一个爱好诗歌的人，惜当他三岁时，她便死了。他在外祖母手下抚养成人。十四岁时即提笔为诗，初用法文写，后用俄文写。在外国诗人里，他最喜拜伦与雪莱（Shelly）。十六岁，进莫斯科大学。后因与教员冲突出校，改入圣彼得堡的陆军学校。十八岁，被任为骑兵官。二十二岁，因作诗吊普希金之死，忽得大名。在那首挽诗里，他表现出伟大的爱与自由的精神。数日之内，圣彼得堡及全国的读书的人都能默诵得它，手钞的稿本数千册在流传着。但政府因他有攻击当局的话，立刻便把他放逐到高加索去。他极喜欢高加索。一切高加索的自然的美，都在他诗里反映着。他是一个恶压迫，反抗现代道德的人。在他的著名的作品《魔鬼》（*The Demon*）与《密希里》（*Mtsyri*）里，这个反抗的精神表现得最真切。《魔鬼》是描写一个魔鬼，从天堂里放逐出来，恋爱一个佐治亚（Georgia）的女子。她避到尼庵里去，死在那里。《密希里》是描写一个求自由的孩子的事。一个孩子，名密希里，早年从家里被带到一个小修道院里。牧师们以为他的尘念俗情已经净除。但实则他仍时时梦想到他旧时的家乡，梦想

Lermontov（1814—1841）

到环着他的摇篮向他唱歌的姊妹们，梦想到把他的灼热的胸部躺在亲人的身上。有一夜，风雨大作，牧师们正在祈祷着，他却乘机逃出修道院，在森林里走了三天。他在他的一生里，只有这几刻享到自由之乐，但他不能走出这个大森林。几天后，有人发现他在离院不远的地方躺着，因同一只豹争斗，受了重伤。临死时，他向牧师道："你问我自由时做了什么么？——我是生活着，老人！"李门托夫的魔鬼主义或悲欢主义，并不是失望的悲观，他的悲观正如一个刚强的人看见环绕着他的都是些懦弱卑鄙的人而觉得很懊恼一样。他还有一部散文的小说，名《当代英雄》（*The Hero of Our Own Time*）。这部小说很重要。书中的事实是如此：柏雀林（Petchorin）是绝顶聪明而且很勇敢的少年，他看各种事都不大重要。他恋爱一个女子，带了她到自己住的地方。他常去打猎。有一次，这个女子的同乡因爱她，想带了她逃走。他看见没有脱逃的可能，便把她杀了。柏雀林对于这事，却淡然置之。几年以后，柏雀林在一个高加索的村镇里，遇见了梅丽公主和她的少年。柏雀林并不喜欢梅丽，但因梅丽不喜那个少年，便千方百计的使梅丽恋他。到了成功之后，他对于梅丽又失了一切兴趣了。他给那个少年一个当上，少年和他决斗，他便被杀死了。这就是当代的英雄！许多人以为他描写的人似有所指，但他说柏雀林不过是那浪漫主义时代一部分人的代表，是“那时代的众恶的影像”。他的这种描写法，实是后来诸作家所最流行的。他很爱俄国，但他并不像普希金的鼓吹爱国，他不爱政府，不爱俄国的兵力，他所爱的是俄国的乡村生活，俄国的农民与俄国的平原。他反对战争，他是一个人道主义者，这是他比普希金更伟大的地方。他死时只有二十七岁，同普希金一样，也是死于决斗。有些批评家说，他如果不夭死，他的成就必定更要伟大！

几个小诗人

与普希金，李门托夫同时代的诗人很多，但大概都是受普希金的影响而起。他们虽不能算为世界的作家，但在俄国的文学史上却很有关系。高洛夫（Kozlov，1779—1840）的诗，表现出他自己的悲惨生活。他四十岁时，双足不能走，不久，又失明。他的诗都是他女儿替他默写的。台尔威（Delwig，1798—1831）是普希金的挚友。他的抒情诗至今尚有诵者。白勒丁斯基（Baratynsky，1800—1844）也是普希金的朋友。他的诗充满着爱自然的热情，和谐的音调与人生的疑问。耶志加夫（Yazykov，1803—1846）也是普希金的挚友，普希金很称许他的诗。范尼委丁诺夫（Venevitinov，1805—1827）死的时候虽早，但他很有成大诗人的希望。他的诗美丽而多哲理。亚度委斯基（Prince A. Odoevsky，1803—1839）和波里享夫（Polezhayev，1806—1838）也都是很年轻的时候便死了。亚度委斯基是十二月党的朋友，他被逐放于西比利亚。十二年后，又被移到高加索，在那里，和李门托夫成了很好的朋友。他的诗虽未成熟，却是真的诗。波里亨夫的运命更是悲惨，当他二十岁时，做了一首自叙诗，因此被政府送去当兵役，而兵役的期限是二十五年。他悲愤无聊，不久即死。他的诗，都是反抗专制的呼号，而以血和泪写出的，惜他的许多好诗都被政府湮没了。薛夫卿加（Shevtchenko，1814——1861）是小俄的诗人，也因为做诗的原故，被政府罚兵役。他的诗都是用小俄文写，诗极优美，而文句与内容又极通俗。此外还有好些小说家，因俱不甚重要，所以这里不写出。

克鲁洛夫

克鲁洛夫（Krylov，1768—1844）也是和普希金他们同时代的一个诗人，但他的伟大却远出于追步普希金的诸诗人以上。他是并不受普希金派的影响的。在一八〇七年以前，他做了好些喜剧，但俱

Krylov（1768—1844）

系摹仿法国的。后来他才知道自己的所长，专力去做寓言。他的寓言有一部分是从依索和法国的勒封登（Lafontaine）的寓言译出来

的，有一部分是他自己做的。到现在，他的寓言差不多没有一国的儿童没有读过。他的文体简单而美丽，所含的哲理极深沉，却表现得极活泼，极自然，极有趣。他的作品虽不很多，但已在俄国文学乃至世界文学上占一个很稳固的地位。

第四章

歌郭里

歌郭里的早年

俄国文学的新时代，与歌郭里（N. Gogol，1809—1852）的出现而同时开始。批评家称十九世纪后半的文学为“歌郭里时代”。歌郭里是小俄罗斯人。他的家庭是乌克兰的贵族。他的父亲很有文学天才，曾用小俄文做过好几篇喜剧，可惜死得很早，因此歌郭里幼年便离开家乡。十九岁，他在圣彼得堡，他这时的希望在成一个演剧家，但大剧场的主任不肯收受他。经了几时的穷困生活，他到一个部里去办事，这种事情与他天性也不合宜。他不久便弃去，专努力于文学，当时的各种杂志上都有他的文字。一八二九年时，他出版了两部描写小俄乡村生活的小说集，一集名《狄甘加农场之夜》（*Night on a Farmnear Dikanka*），一名《美格洛特》（*Mirgorod*）。这两部小说集俄国文学史略的出现，使他立刻在当时文坛上得到很稳固的地位。助加夫斯基与普希金都赞许他的天才，张开两臂欢迎他。在他的短篇小说里，有几篇是很重要的。《伊凡·伊凡诺威契和伊凡·尼吉复纳契的争端》（*How Ivan Ivanovitch qrurrrelled With Ivan Nikiforytch*）是一篇很滑稽的故事。伊凡诺威契是一个性子很和平的人，尼吉复纳契是一个性子很粗暴的人，他们是邻居。

有一次，因细故失和，竟结了不解的仇。他们的朋友想了许多法子都不能使他们复和。歌郭里描述他们的性格与争论，很能令人发笑。《塔拉史·蒲巴》(*Taras Bulba*)是一篇小俄的历史小说，叙十五世纪的一件事。哥萨克人是勇敢而爱自由。他们与波兰开战。老英雄塔拉史有两个儿子。他的少子因恋爱一个波兰贵族，竟投入敌军。后来他被哥萨克人所俘。他的父亲塔拉史亲自把他杀了。不久，塔拉史的长子，被波兰人俘去，死于华沙。老人又召集兵士，攻入波兰，结果也死在敌人手里。歌郭里描写哥萨克人的刚强性格极为动人，叙事也极活泼而真切但浪漫主义的气息，还未全除。塔拉史

Gogol (1809—1852)

的少子，完全不是一个世上所有的人，波兰的贵妇，也描写得不真实。然除了这几个缺点外，其余的叙述却都是极写实的。《狂人日记》描写狂人心理极为细腻动人，开辟后来心理分析的小说的先路。《外套》(*The Cloak*)一篇，影响于后来尤大。屠格涅夫常说："我们都是从外套传下来的。"这是很确实的话。他的描写虽是带着笑容，却是含着不可见的泪珠的惨笑。他叙一个穷苦的小官吏，外套

破了也没有钱去买新的。后来储积了许久，才得另做一件新外套。他很高兴的第一天穿了赴宴会，不料回来时竟被强盗剥了去。他去报告一个警务的长官，又被他威吓了一顿。这个小官员又急又怕，不上几天便死了。同时在他被盗的地方，出现了这个小官员的鬼魂，专夺过往者的外套，直到那个警务长官经过这个地方，也被他剥去了外套，这个鬼魂才不再出现。这种对于弱者的同情与复仇的主张，都是后来许多作家所具有的特质。克洛巴特金说："从歌郭里以后，每个小说作家都可以说是在重写着《外套》。"

巡　按

歌郭里的散文喜剧《巡按使》（*The Inspector General*）也是一部很重要的著作。他把当时官场的黑暗描写得十分真切。这篇的故事是普希金告诉他的。有一个少年因赌把钱用完，住在一个小县城里不能动身。县官接得京城友人一信，说有巡按使要到他那里去。他和城里的绅士，疑心那个少年就是巡按使，招待他非常周到，送了他许多钱。到他走后，真的巡按使才来。歌郭里的叙述非常滑稽，几乎没有一个人读了或看了这出戏不发笑的，但滑稽中却含着隐痛，使读者于笑时即起了厌弃那些黑暗的心。这篇戏曲，讥嘲官吏太甚，检查官自然不准他开演。后来因俄皇偶然的得到他的稿本，读了大笑，才得到在舞台上出演的特许。歌郭里除了这篇著名的喜剧外，还著了些剧本。《结婚》也是一篇喜剧，描写一个老鳏夫在结婚前的踌躇与恐怖。《佛拉地米勋章》（*The Uladimis Oross*）则是继《巡按使》之后而描写圣彼得堡官场的一篇喜剧。但因《巡按使》出演时，批评家讥责的话极多，所以他始终没有兴趣把这篇同性质的剧本写完。

去 国

一八三六年，他离开俄国到西欧去旅行，去国的原因也是因为受批评家对于《巡按使》的讥弹及对于俄国的厌倦。最初到巴黎。第二年，到罗马，他很爱这个地方，便决定久居于此。

死 灵

从这时候到他回国前的最重要著作是《死灵》(*Dead Souls*)。《死灵》是一部长篇小说，他在俄国时已动手写了一部分。据歌郭里自己说，普希金当歌郭里读他的著作给他听时，往往会发笑；但当他把《死灵》的第一章写好后，读给他听时，普希金的脸色却渐渐的幕上了一层阴云。等他读完，普希金不禁叫道："唉！俄国是这样的一个悲惨的国家呀！"

《死灵》的故事，也是普希金告诉他的。在那个时候，俄国的农奴制度正十分流行，一个地主，至少总有一二百个奴隶，这些奴隶，他们称之为"灵魂"(Soul)，他们的身体，可以如货物一样的互相买卖。国家每十年调查田主的农奴数目一次，凡在这十年内死亡的农奴，田主应付一个奴税给政府。一个穷苦的少年契契加夫(Tchitchikov)，知道了这个情形，便想出一个极聪明的方法来。他带了少数的金钱，到各地方去收买已死的"灵魂"。田主因为把"死灵"卖掉可以免付赋税，所以多欢迎他。他这样的买了二三百农奴，便又去买一区贱价的地。他把这些凭证押在银行里，于是便可以得到很多的钱了。歌郭里叙述契契加夫旅行的情形非常活泼生动。他所遇见的人，无论什么样的品格与情性都有，而歌郭里都能很逼真的把他们表现出来。当《死灵》出版时，读者都起了极大的感动。

晚　年

一八四〇年，歌郭里在罗马患了两次大病，同时经济方面又十分困难。他的思想便改变了许多，早年时所蕴蓄的神秘的宗教的思想，现在占领了他心灵的全部。他深悔从前的工作，觉得从前的作品都是很卑鄙的。因此，他把许多手写的稿件都投在火炉里烧了。《死灵》第二部分也遭了这个厄运。所以到现在《死灵》的第二部是未完工之作。他这时的思想都集中在《通信集》（*Correspondence with Frierzds*）一书上，他以为这部书是很重要的。当一八四七年这个《通信集》出版时，结果却大反他的期望。当时的批评家，因为他的守旧的言论，纷纷的责难他。白林斯基（Berlinsky）且写了一封激烈的信给他。

他在一八四八年回国，常住在莫斯科，一八五二年二月死在这个地方。他晚年的言论，虽被许多人所不满，但他的伟大的成绩，却如日中天，没有一个人不赞叹崇拜他！

第五章

屠格涅夫与龚察洛夫

屠格涅夫

普希金、李门托夫及歌郭里诸人的努力，使俄国文学呈空前的光华，但在当时，西欧诸国，尚未知道他们，英德诸国的文人，对于俄国文学都十分忽视。到了屠格涅夫（Ivan S. Turgenev）出来后，西欧与俄国文学间的隔膜，才开始除去。

屠格涅夫（1818—1883）的家庭是贵族人家。他的家庭教师都是外国人。他对于俄国文学的兴趣，是由家里的一个老仆人那里得来的。一八三四年，他进了莫斯科大学。第二年（一八三五）又转学到圣彼得堡大学。后来，又到德国去了一次。他最喜欢读歌德（Goethe）的东西，有人说，他能够默诵“Faust”第一篇的全部。一八五二年，他做了一篇哀悼歌郭里的文字，竟因此受祸，几被凶暴的政府遣戍到西比利亚去，因为朋友的救助，政府把他禁锢于他自己的家里。二年后复得自由，但他这时已厌弃了祖国。此后的生活，大概都是在西欧各都会里过的。巴黎尤其是他最常住的地方。他在这些地方，有了许多文学界的朋友。俄国文学因他的宣传与介绍才第一次，被引到西欧各国去，这是他一件很大的功绩。但同时他自己因为久在国外的缘故，许多作品却被批评家视为不大明白俄

Turgenev（1818—1883）

国的当代生活。一八八三年，屠格涅夫死于巴黎，年六十五，他的遗骸移葬于圣彼得堡。

讲起屠格涅夫的小说，其艺术的结构与文词的精美，同时代的许多作家实无一能够得到他的，便是托尔斯泰与杜思退益夫斯基（Dostoyesky）也远不如他。他的作品，不仅包含诗的美，而且具有很充实的智的内容。自从他在一八四五年初次做小说起，他在文学界里的活动时候，有三十年以上之久。在这三十年里，俄国的社会与青年的思想变动得最为急骤，而这种急骤变动的痕迹，都一一反映在屠格涅夫的作品里，如照在镜中之影，如留在海岸沙上的潮痕。

屠格涅夫最初出版的作品是一部叙写农民生活的短篇小说集，这是反映着当时农奴的悲惨生活的。因为要避免出版检查官的注意，这个小说集便取了一个毫不相干的名字《猎人日记》。在这个小说集里，屠格涅夫并不大声疾呼的鼓吹奴制的废除，也不把农民叙写得如何好，只是活活泼泼的写出朴质的可爱的压在奴制底下的农人的情景，以及浮薄卑鄙的田主的生活，使人自会看出奴制的毒害。此书一出版，影响即遍于全国。俄国奴制之终得废除，此书的力量极大。

一八五四年至一八五五年之间，屠格涅夫又写了不少的短小说，都能表现出他的天才。

他的《初恋》与《春潮》是他表现他自己的两部小说。屠格涅夫的重要的作品都是客观的，精刻的描写人性与思想潮流的，惟这两本书是自叙的文字。他们都充满着诗意，描写恋爱的情境也极动人。

在屠格涅夫的小说里，他自己以为最重要而应该联续的读下的，是下面的六种：一、《路丁》(*Dmitri Rudin*)，二、《贵族之家》[或名《丽萨》(*Liza*)]，三、《前夜》(*On the Eve*)(或名《海仑》)，四、《父与子》，五、《烟》(*Smoke*)，六、《荒土》(*Virgin Soil*)，我们读了这六部小说，一方面可以看出屠格涅夫诗的才能的全部，同时并可观察出俄国自一八四四年至一八七六年间的知识阶级生活的各方面。

《路丁》(一八五五年出版)是表现俄国十九世纪中叶能说而不能行的青年的范式。屠格涅夫并不谴责他们，仅把他们的好处与坏处并列在一处，而以宽厚的态度对待之。此书中的主人翁是四十年代的一个青年路丁。路丁沉浸于黑智儿(Hegel)的哲学思想中。当时政治极为黑暗，有思想的人不用想去做事。路丁的初次出现，是在一个爱自由的贵族夫人家里。他在客室里，众宾客之中，高谈阔论，不多一会，便成了谈话的中心，以他的辞令，以他的见解，博得女主人的赞美与青年时代的人的同情。青年时代的人可以女主人的女儿娜太莎(Natasha)及一个青年的家庭教师为代表。他们都被路丁所征服。当路丁讲到他学生生活，讲到思想与自由，讲到西欧诸国争自由的历史，他的话句句含着火气，含着热诚，含着诗意，使这两个青年几乎拜倒在他足下。结果则娜太莎恋爱了他。他比她年龄大得多。他说，爱情之于他是已经过去的了。“看这株橡树，去秋的叶子都挂在枝头，要等新叶出来才能落下呢。”娜太莎以为路丁的意思是说有新爱发生才能使旧爱忘记，于是她便把爱给了路丁。她不顾一切，与路丁约，早晨在一个湖边会面。她已决心跟了路丁同逃。但路丁却什么表示也没有，只劝她说，这个婚姻恐怕不能得她母亲的同意，不如回去。于是娜太莎和他绝交。后来路丁又过了许久流荡的生活，在一八四八年法国六月革命时，死在巴黎的巷战中。

说，说，说，但是不能做去，这是四十年代俄国社会的特质，在《路丁》里，屠格涅夫把这种情形表现得恰到好处。但是俄国的青年，不久便觉悟了。新人已紧接着路丁而出现。《贵族之家》便是描写这个新的趋向。

《贵族之家》的主人翁是拉莱契基（Lavretsky）和丽萨（Liza）。拉莱契基是不满意于路丁式的行为的，他想去做，想去实行他的理想，但他仍旧不能在新的潮流里找出一路来。他的力量太薄弱了。他不幸和一个悍暴的妇人结婚，受了不少痛苦。他们离开了。他又遇见一个好女子丽萨，互相恋爱着。他们都相信他的前妻已死，但是不久，她又出现了。丽萨到尼庵里去。拉莱契基失败了。

屠格涅夫由这部小说，得到很大的成功。有人说，这部书和《初恋》在屠格涅夫的一切小说中算是技术最高的。但实则这部小说之成功，第一还在读者之众多。《父与子》受人责罚，《路丁》也不能广传，只有这部《贵族之家》因为所描写的人物，都是普通社会里所常遇到的，所以他能意外的得到极多数的读者的同情。

在实际上，讲到艺术的精美与思想的深沉，《前夜》似乎较《贵族之家》为尤成功。《前夜》的女主人翁是海仑。在《路丁》里，屠格涅夫描写娜太莎，已带有热烈的情感与敢做事的精神。在这部《前夜》里，他所描写的海仑则为此种妇人之更进一步者。海仑不满她自己家族的沉闷琐碎的生活，她渴望着更大范围的活动。她在日记上写道，“成好的人是不够的，一定要去做好的事。——是的，那是人生的大事。”但她所见得到的人都是些懦弱而无进取之志的人，或赞美自己的蝴蝶。最后殷沙洛夫（Insaroff）出现，而海仑的全副心灵遂萦回在这个人的身上。殷沙洛夫是一个巴尔干爱国的志士。他只有一个志愿：恢复祖国。他扫除一切哲学的幻梦，一直向前走去。当他突然发觉自己心里对于海仑有了恋念时，立刻便决定离开这个地方，并且离开俄国。他到海仑那里告诉他要走。海仑要他第二天早晨再到她这里来。他不答应。第二天，海仑等到下午不见他来，便自己去找他去。路上雷雨大作，海仑趋入路旁一个小教堂里避雨。恰好殷沙洛夫也在这里。她表白自己的心。殷沙洛夫为她的热诚所感，便决定与她结婚。

海仑是俄国妇人，几年以后加入俄国一切自由运动的妇人的代表。她们贡献了心和灵魂给平民，给自由。她们为被压迫的阶级而奋斗，她们不怕西伯利亚的雪，她们不怕断头台。屠格涅夫描写海仑，读之几乎如现在目前，艺术的美也达到极高点，惟殷沙洛夫写来似乎不十分像一个有生命的人。

继《前夜》而出现的是《父与子》(一八五九)。《父与子》是描写俄国当时的新旧思想的冲突的。新的人又出现了。他们不是能说不能行的路丁，也不是想做事而无实力的拉莱契基，他们是有强固的主张，是有破坏一切的勇气的。这新的人的代表是巴札洛夫(Bazarov)，他这个人不屈于一切权力，不信一切没有证明的理论。所以他对于当时的风俗，习惯，一切都取否认的态度。有一次，他到他朋友的家里住几时。这位朋友的父亲与伯父是旧时代——父代——的代表。就在这个地方，子代——巴札洛夫——与父代起了一个大冲突。这种冲突，在俄国当时是处处都有发生的。巴札洛夫朋友的父亲尼古拉是一个热心的梦想者。他过着地主的懒惰生活。他想告诉少年人，他也是逐着时代走。他想读他的儿子与巴札洛夫所读的物质主义者的书。但他少年的教育阻碍了他。他的哥哥柏韦尔(Pavel)则与之完全相反。他是一个绝对崇信传袭的礼法的人。他以为大家都应坚守社会的习惯，忠敬教会与国家。他每每与巴札洛夫辩论，他妒恨这个“虚无主义者”(Nihilist)。这父子两代的冲突的结果，遂走到了悲剧的一方面去。

这部小说出版后，发生了很大的印象。屠格涅夫受各方面的攻击。父代的人以为作者自己也是一个“虚无主义者”。子代方面则以他所描写的巴札洛夫为故意讥嘲他们。但在西欧方面，则以为《父与子》这部书是极伟大的作品，能充分的表现出俄国当时的思想潮流。

《烟》(一八六七年出版)是屠格涅夫在灰心失意中的作品。大改革运动已经失败，深沉的失望之音，充满在这部书里。《足矣：从一个已死艺术家的回忆》(*Enough : from the Memoirs of a Dead Artist*)(一八六五年出版)及《群鬼》(*Ghosts*)(一八六七年出版)也是含有同样的失望的。他的这种失望之心，一直到了俄国青年在七十年代之初发生了“到民间去”的新运动时才渐渐的消失。

这个“到民间去”的新运动，也在他的《荒土》(一八七六年出版)里表现出来。他对于这个运动非常同情。但他虽然能捉住这个运动的几个特性，而这个运动的正确意思，他似乎不大能写得出。因为他久在国外，没有同这些运动者十分接触，凭着直觉去写，自然不免缺乏真实了。

除了这几部重要的小说外，屠格涅夫还有几部很重要的著作。他的《韩米勒特与唐·魁索》(*Hamlet and Don Quixote*)(一八六〇年出版)是很好的一篇论文。他的《散文诗》(或名*Senilia*)(一八八二年出版)所含的意思尤为深远，文词也极委宛幽雅之致。他们虽是用散文写的，实则都是最好的诗歌。如《老妇》《乞丐》《自然》《狗》等谁读了都是要十分的受感动的。

龚察洛夫

龚察洛夫(Ivan Gontcharov，1812—1891)与屠格涅夫同时，他的作品虽远不如屠格涅夫之多，但他在文坛上的势力却很大。当时的批评家往往举以与屠格涅夫及托尔斯泰相比称。他的家庭是商人，与屠格涅夫之出于华门贵族者不同。

他的文学生涯，占有四十五年的时间，较屠格涅夫为尤久，但他除了几篇杂记和一部名为“The Frigate Pallas”的游记外，全部的小说著作只有三种：一、《日常的故事》(*A. Common Story*)，二、《阿蒲洛摩夫》(*Oblomov*)，三、《悬崖》(*The Precipice*)。

《日常的故事》出版于一八四七年，叙少年安迪夫(Aduev)的事，叙他从本乡到圣彼得堡，脑中满贮着诗思、爱情写友谊。他在

这个都市里，得了一位职位，做了许多文字，又结了婚。虽然所叙的是日常的故事，却叙得非常真切动人。许多人说，龚察洛夫是一

Gontcharov（1812—1891）

个纯客观的作家，实则一个好的作家，固然决不把他自己的一切情感，借书中人尽量写出，而在另一方面，也决无纯客观的作家。无论什么作品，至少总带有作家的同情与憎厌在里面的。龚察洛夫的三部作品，有大部分且是自叙传，不过因为他善于隐藏，所以读者不觉得而已。

《阿蒲洛摩夫》完成于一八五八年，这是龚察洛夫最重要的著作。批评家常以屠格涅夫的《父与子》，托尔斯泰的《战争与和平》《复活》，及他的这部《阿蒲洛摩夫》为十九世纪后半俄国文坛最伟大的产品。《阿蒲洛摩夫》是一部完全俄国的作品，所以俄国人能完全的赏鉴它；同时又是普遍的诉于全人类的，所以别国的人也能读之而感动。

书中的情节是如此：阿蒲洛摩夫是一个有六七百农奴的贵族。他生长在使奴唤婢的家庭，什么事都有人替他办好，连袜子也没有

自己动手穿过。后来进了大学，但他的仆人仍旧追随在他身旁。他的懒惰昏睡的态度始终不改。大学的热烈的讲演，青年友人的如火一般的激刺的谈话，有时也能激动他的心胸。但他幼年的环境，他的恬静懒惰，被保护的生活，总把青年的热情压沉下去。到了他毕业以后，还是如此生活下去。太阳已经射进窗中，他还在床上，他几次想起来，想了一会，又懒懒的躺下睡了。他受过很好的教育，他的环境很好，他的评判力也很好。他永远不做不忠实的事，他不会做。他且也具有同时代青年的热感与理想，他也羞着做一个管理许多农奴的地主。但他的懒习深入骨髓，竟使他懒得离开沙发一步。他有一个朋友史托兹（Stolz），是一个强毅、活泼的人，很替他忧愁，想尽种种方法，都不能引动他向活动的路上走去。后来阿蒲洛摩夫遇见一个女子亚尔加（Olga）。她也是史托兹介绍的。其初阿蒲洛摩夫很被她感动，想努力从沙发上挣扎起来，向活动的地域走去。他们互相爱恋着。但阿蒲洛摩夫的惰习终于不能除去。亚尔加心力俱尽，不得已离开了他，和史托兹结婚。

这部小说的出版，震动了俄国全部的知识阶级。什么人都拿着一本《阿蒲洛摩夫》读，都讨论着新发见的“阿蒲洛摩夫气质”（Oblomovism）这个名词。每个人都觉得自己血管里含有些阿蒲洛摩夫的分子。每个人都忧愁着，都努力的想从懒惰的海里挣扎起来。这一贴兴奋剂实是俄国当时最对症的良药。所以龚察洛夫此书的功绩是非常伟大的。

《悬崖》出版于一八六八年。这部书他在一八四九年已着手著作，因为要急于完成《阿蒲洛摩夫》，所以中断，直至一八六八年才完全做好，因此而书中的事实，与当时急进的社会很不相似。这是他失败的地方，但心理的精审的解剖及写景的微妙细腻仍使此书得有永久的生命。

第六章

杜思退益夫斯基与托尔斯泰

杜思退益夫斯基

杜思退益夫斯基（Feodor Dostoevsky，1821—1881）与托尔斯泰是俄国十九世纪文学的双柱。任什么作家，都没有他们那样的感动人，那样的深挚的被民众所爱的。杜思退益夫斯基在普希金铜像开幕时的演说，竟使群众感泣，托尔斯泰的葬礼，则农民执拂哀送的，几乎有好几千人。

杜思退益夫斯基第一次出现于文学界，差不多与屠格涅夫同时。但他的活动被凶暴的政府阻碍了许多年。当一八四五年，他初到圣彼得堡，还是一个没有人知道的青年。他那时刚舍去别的事，专心从事于文学。他的第一部小说《苦人》（*Poor People*）完成时，他只有二十四岁。他的同伴把这部《苦人》送给诗人尼古拉莎夫（Nekrasov）看。他很怀疑，不知这部小说能否得到这个大诗人的阅读。第二天早晨四点钟时，尼克拉莎夫竟亲自跑到他的寒苦的住所，从睡梦中把他叫醒，抱他的头，诚挚的庆祝他的成功。杜思退益夫斯基自此立刻成了一个知名的人。

四年以后，（一八四九年）他因加入彼特拉夫斯基（Petrashev-sky）的团体，往往聚会在一起读 Fourier 的书，讨论俄国有社会运动的必要，与组织一个秘密印刷所等事，竟被政府所捕，与几个同志，并被判决死刑。在十二月冰雪满地之时，杜思退益夫斯基等被牵至刑场待刑。正在这个时候，尼古拉一世下了赦令，改为遣戍西比利亚。三天以后，杜思退益夫斯基便被押至西比利亚的亚木斯克（Omsk）做工。他在那里住了四年，改服兵役于军队里。一直到了一八五九年，他才得自由，被允许复回俄国。但他虽已自由，自此以后的生活，却都在穷苦的情境里过着。他被迫着，不得不以卖文为活。他的文笔本来很快，在未到西比利亚以前，已经作有十种小说，自从回

Dostoevsky（1821—1881）

来后，更不得不迅速的著作着，以谋衣食的供给。所以他的小说差不多都是一脱稿便上印刷机的。在艺术方面看起来，他的作品未免粗率而凌乱，远不如屠格涅夫，龚察洛夫及托尔斯泰诸人的精美。有人说，读他的小说，只能读一遍，第二遍便不能再读下去了。但他们的伟大的地方却并不在艺术方面，所以艺术的好坏，对于杜思退益夫斯基的伟大，并无什么关系。

杜思退益夫斯基的伟大，乃在于他的博大的人道精神，乃在于他的为被不齿的被侮辱的上帝之子说话。他有一个极大的发现，他

开辟一片极肥沃的文学田园。他爱酒徒，爱乞丐，爱小贼，爱一切被损害与被侮辱的人。他发现：他们的行动虽极龌龊，他们的灵魂里仍旧有烁闪的光明存在着。他遂以无限的同情，悲悯的心胸，把这些我们极轻视而不屑一顾的人类写下来，使我们觉得人的气息在这些人当中是更多的存在着。且他的小说，结构虽然都很无秩序，事实的连续也不大自然，但他的文字里面却深深的潜着一种真实的精神与隐在的感动力，足以把他的缺点蔽盖着。

杜思退益夫斯基的小说，到现在俄国读的人还极多。当这些小说初次介绍到法英德等国的文字里，批评家都惊异以为是一种新的发现。杜思退益夫斯基立被称当代的最伟大的作家之一，且被称为“最能表现神秘的斯拉夫族灵魂”的作家。屠格涅夫的名字几被他蔽盖着，托尔斯泰也被人忘了一时。现在欢迎杜思退益夫斯基虽不如当时那样的狂热，但他的与屠格涅夫及托尔斯泰并肩而立的地位，却谁也不能否认。

Dostoevsky

在杜思退益夫斯基被赦回国到他死时的长期间里他的重要作品，出产了不少，最初的大作品是《被压迫者与被侮辱者》，《死屋的回忆》继之而出。其后则《罪与罚》（*Crime and Punishment*）、《白痴》（*The Idiot*）、《少年》（*The Youth*）、《魔鬼》（*The Devils*）及《客拉摩助夫兄弟》（*The Brothers Karamazove*）等作品连接的出版，都得到极大的成功。

《被压迫者与被侮辱者》叙一少年恋爱一贫家的女子，但这个女子却恋爱一个亲王。女子和少年亲王的心理，在这书里叙写得非常好，尤其好的是写那个少年怎样贡献他的全生命做那个女子的仆从，及他怎样违背自己的意志把这女子送进亲王的手里去。

《死屋的回忆》是杜思退益夫斯基所有作品里艺术最好的一部小说，叙写西比利亚的苦役及罪犯的情性，一切都是从他自己的经验里写出的。

《罪与罚》是流行最广的一部，小说全欧洲以至美洲日本都曾有过译本。书中所叙的是：少年学生拉斯加尼加夫（Raskolnikov）为家境及不平的心所迫，杀了一个无心肠的放债为生的老妇人及她的一个姊姊。他本想取她的钱，但被血所震，竟一无取的跑出来。他心里痛苦极了！一切信仰都失掉了，时时的受血的惊骇，心灵上永远如负了一个重担。最后，到他的女友莎妮亚（Sonya）那里去。莎妮亚劝他自首。他去自首，被遣戍到西比利亚。莎妮亚跟他到这个冰天雪地的“死屋”里去，终于从陷溺的海里，把他救了起来。杜思退益夫斯基在这部小说里，描写拉斯加尼加夫的心理变幻非常的动人。

《白痴》《少年》与《恶魔》都是一半叙病的心理，一半论社会问题的。

《客拉摩助夫兄弟》则为他最后的最大的著作，也是他最成熟的作品。他的见解，他的对于弱者的同情，他的微妙的心理解剖，都在此书里更有力的更集中的表示出来。

托尔斯泰

托尔斯泰（Leo Tolstoy，1828—1910）的作品，在艺术方面看来，高出杜思退益夫斯基远甚，在内容方面看来，其感人之深，含意之远，与人道的、爱的精神之真挚则与杜思退益夫斯基差不多。

Leo Tolstoy（1828—1910）

托尔斯泰的家庭与屠格涅夫一样，是传统的贵族之家。他的母亲死得很早，他的父亲在他九岁时也死了。他和他的兄姊都是由一个远亲抚养成人的。他在大学里很不规则的读了几年书，便离了学堂，跑进社会的旋涡里去。他的哥哥尼古拉叫他加入高加索军队里。他的生活进了一个新时期。

在这个山水明秀的地方，他开始他的著作。最初做的是《幼年》一书，后来又写了《童年与少年》，这二书都是他的自叙传。一八五三年，离了高加索，参预克里米（Crimea）的战争。《莎巴斯托堡故事》（*Tales of Sebastopol*）是他此行的收获，在这个小说里，他的反对战争的见解已经萌芽。一八六二年，他结了婚。他的家庭很快乐。在这个时候，他写了两部最大的小说:《战争与和平》及《婀娜小史》(*Anna Karenina*)。七十年代之末，托尔斯泰的精神上忽起了很大的变动。他不满意他的生活，不满意他以前的著作，由一个艺术家的托尔斯泰变成一个道德家的托尔斯泰。但这个变迁，对于他的作品的价值却并没有损失。他的精深的技术，使他讨论或宣传他的理想及教义的作品仍不失其为第一等好的著作。

他宣传他的教义，并修订四福音，希腊教会的人大起反对，一九〇一年宣布逐他出会，但他并不介意。他实行他的泛劳动主义。到了一九一〇年，他突然离开家庭，想寻求更好的更安心的生活，走到中途，患肺炎死。

在托尔斯泰的早年著作《幼年》及《童年与少年》二书里，我们已可看出他的性质的两方面，兽的生活的爱恋，与更高的道德标准的寻求。这两种矛盾的性格，终他的一生，都在那里冲突。他的第一期的作品，则兽的本能的生活占优势。

在他的短篇小说《二骠骑》《三死》《一个地主的早晨》等外，托尔斯泰描写塞巴斯托堡战时的生活，极可赞美，一个兵士的心理描写，在他看来，较之全部的战争为尤重要。他以为战争不是一种光荣的动作，乃是痛苦与死亡的事件。在《战争与和平》里，他所持的意见也是如此。

《战争与和平》是托尔斯泰最大的一部著作，叙的是一八〇五年到一八一二年俄国在拿破仑战役里的情形。人物这样的多，背景这样的复杂，他却一层一层的写来，以活泼动人的文词，把各个人都写得极有个性，把每件事都写得极有精采，而全部的结构，又毫不凌乱。这实是他天才独到的地方。《战争与和平》的主人翁，并不是历史上的大人物，如拿破仑或科托莎夫（Kutuzov）之流，乃是一个朴讷的农人白拉顿（Platon）。托尔斯泰把白拉顿当做一个具有他理想中基督教徒的一切条件的人：以无限的爱，爱全世界，以绝对博爱的无抵抗主义，对待一切恶。柏勒（Pierre）遇见他后，深受他的高尚精神的感化，终其生不违背这些基督教义。由柏勒生活的变化，我们可以看出托尔斯泰自身的变化。

Tolstoy（1828—1910）

《战争与和平》之描写伟人，与一切历史及小说大不相同。托尔斯泰绝不夸张的写拿破仑或亚历山大一世等英雄，他以平常的人看待他们。他以为一切历史的事变都是不可知的群众运动所造成的，每个人都分有创造的力量，同时却每个人都为一种不可抵抗的潮流所驱迫。这种见解是托尔斯泰所独具的。

《战争与和平》的道德观念，在他的第二部大著作《婀娜小史》里更扩大的宣达出来。托尔斯泰在这部小说里，叙述圣彼得堡的两个高等社会的家庭。婀娜当少年时嫁给一个老官吏。她因此得到社会上的好地位，并且有了许多钱。但过了几年，她觉得她的生活是苦痛的。她爱了一个少年，离开这个家庭，但她始终没有勇气与这个家庭断绝关系。经过了许多痛苦，她便投身在铁路上死了。与婀娜的悲惨历史相对的是一个快乐的家庭。李文（Lenin）像《战争与和平》里的柏勒一样，经过一番道德的改革，最后得到一条结论：在自己家庭里，常常做工，且在健全的环境里生活着，是一个人所应该求的生活。

自经过宗教的观念的侵占（一八七九年）后，托尔斯泰的作品的色彩便截然与以前不同。悲观的黑云开始在他的一切作品里占领着。以前的健全的生的快乐已经完全不见了。人生是没有意义的，所谓文明，就是贼人性的东西，只有自己牺牲及博爱人类，我们才能完成我们人生的目的。这是托尔斯泰所要宣传的教义。在《艺术论》里，他明白的宣言这个意思，而反抗以空幻的美为骨子及为个人娱乐而设的一切文艺及音乐。在其他小说里，这种教义也极鲜明的存在着。

《伊凡·依利契之死》（*The Death of Ivan Ilyich*）是写一个平常人知道他将死的悲剧。他孤独的生存在世界上：他的生活什么特点也没有，谁也没有给他以同情的。但正当他的死时，一线希望的光明，穿透了黑云，他便成一个快乐的人，相信将来的生活而死去。

《黑暗的势力》是他的一个剧本，写农民生活的一幕悲剧。一个少年仆人犯了许多罪恶，最后因良心的打击而忏悔一切。除了这个剧本外，托尔斯泰所著的剧本还很多，如《教育之果》是讥刺教育界的。如《活尸》，如《黑暗之光》，则都是宣传他的教义的。

《克利志·莎娜太》（*Kreutzer Sonata*）是一篇讨论妇女问题与性的生活的小说。他对于家庭及恋爱，这时的见解与以前已不同。《塞祺士父亲》（*Father Sergius*）所含的意思也与《克利志·莎娜太》差不多。

他的最后的大著作是《复活》（*Resurrection*）。在这部书里，托尔斯泰的道德观念，更充满的鲜明的刻着，同时，他的伟大的艺术，也更纯炼的微妙的表现出来。书中的事实是如此：一个富有财产的贵族尼希留道夫（Nekhlyudov），少年时与一个女郎相爱，后来又舍弃了她。她因此堕落。后来她受了杀人的嫌疑，被捕到法庭上去。那时，尼希留道夫刚好做陪审官。他忏悔以前的行为，竭力的救护她。到了她被判决流放西比利亚，他便牺牲一切，随跟了她到配所里去。他想同她结婚，补救以前的过失。但她坚执的拒绝他，另外嫁给一个人。同时，尼希留道夫已进入新的生活中，他从爱与怜与自忏中得救了。

托尔斯泰的著作，除了上面所举的外，还有不少。他也做了不少的论教育、道德、宗教及艺术的论文。

从宗教的立足点看来，他可以称为一个纯正的基督教徒，虽然他反抗卑鄙龌龊的教会及一切不好的教义，教会也反对他，不认他为教徒，然而他的博爱，他的行动都是可以直进天堂之门而不受诘问的。

从政治的立足点看来，他是一个无政府主义者。他反对政府，反对法律。

从文艺的立足点看来，许多人都以为他是艺术的破坏者。他主张以文艺为宣传主义的工具，反对一切无用的伪美的作品。

虽然有人以他的艺术的主张为不对的，虽然也曾有人以他的和平的意见为不对的，但他的人格，他的数十年的收获，却如橡树之拔地而立，江河之永古常流，什么人都不能不对之表示崇敬。

第七章

尼克拉莎夫与其同时代作家

尼克拉莎夫

尼克拉莎夫（N. Nekrasov）（一八二一年生，一八七八年死）是与屠格涅夫，龚察洛夫等散文作家同时代的一个大诗人。他的父亲是一个穷苦的军官，他的母亲是一个波兰人，尼克拉莎夫的诗里常常的提到她。但她死得很早，共遗下十三个儿女。尼克拉莎夫十六岁时，离开本乡，进圣彼得堡大学哲学门。俄国的学生大部分都是穷苦的，或是做工，或是做家庭教师，所入虽微，衣食却总可以维持。但尼克拉莎夫却与他们不同，他的境遇非常黑暗，他自己后来曾说道：“整整的三个年头，我没有一天不是挨饿的。在大饭店里，常常有人进去看报，并不叫什么东西来吃，我也常常如此，当我看报时，我便把面包盘拿过来，把面包取来吃了，这就是我唯一的粮食了。”有一次，他生了病，屋主人在十一月的寒冷的夜里，拒绝他进屋。他几乎要在露天底下过夜。幸得遇见一个乞丐走过，他可怜尼克拉莎夫，便带了他到一所小屋里去。尼克拉莎夫的少年就是这样的过去。但他这样穷苦的境遇，对于他也未始无益。他因此得有机会认识圣彼得堡最穷苦最下等的人，而把他们写进他的诗里。最后，他从事于文字生涯，他的物质状况才渐渐的好起来。他成了

Nekrasov（1821—1878）

当时一个最大杂志《现代》的固定投稿者。一八四六年，他竟成了这个杂志的编辑之一。在六十年代，他因《现代》的介绍，认识了两个很重要的批评家，周尼闪夫斯基（Tchernyshevsky）与杜蒲罗留拔夫（Dobrolubov），他的诗也以此时所做的为最好。一八七五年，他生了一场大病，此后二年内，他都被苦痛跟随着。一八七七年十二月，遂病卒。当他下葬时，送葬者有好几千人，以大学生为最多。

即在他的墓上，“尼克拉莎夫是否与普希金及李门托夫同样的伟大”的问题，开始热烈的辩论着，这问题直到后来，还没有论定。但尼克拉莎夫之为一伟大的诗人，则为无人能否认之事实。尼克拉莎夫称他的诗神为“复仇与忧愁的诗神”。这句话是很确实的。尼克拉莎夫是一个悲观主义者，但他的悲观却与别人不同：他所写的虽是俄国群众的悲惨境况，但他所给与读者的印象却不是失望而是愤慨。他在悲苦的现实之前并不低头匍匐，却进而与之奋斗，而得到胜利。所以读尼克拉莎夫的诗，在不满足现实的感想里，同时且种下恢复或奋斗的种子。他的诗大概都是关于农民及他痛苦的。他对于民众的爱成了一线红丝，串着他的全部作品，有时他偶然也弹着失望的歌，但这种歌声，在他的作品里实不常见。他的作品，最著名的是《赤鼻霜》(*Rednosed Frost*)及《农家的儿童》(*The Peasant Children*)。许多批评家对于他的音节，都以为不很谐和。但他实是俄国民众最崇拜的诗人。他的诗歌的一部分已成了全俄国的财产。读他诗的人，不仅是知识阶级，而且是最贫苦的农民。读普希金他们的诗，非有些文学的修养，不能领略它的好处；至于读尼克拉莎夫的诗，则只要认识几个字，知道看看书的人都能懂它的意思，受它的感动。尼克拉莎夫实是一个最成功的民众诗人。

同时代的散文作家

在上面几章里，已经叙过几个重要的散文作家，如屠格涅夫、龚察洛夫、杜思退益夫斯基及托尔斯泰诸人，现在再略述几个与他们同时代的散文作家。

塞海·阿克莎加夫(Sergei Timofeevich Aksakov)(一七九一年生，一八五九年死)是一个很有能力的大作家，且是两个大作家君士坦丁及伊文·阿克莎加夫(Konstantin and Ioan Aksakov)的父亲。他在实际上是普希金及李门托夫的同时代者，但他的第一期的作品，受伪古典主义的毒太深，没有什么好的，直到歌郭里出来后，他才受了他的影响，作风为之大变，他的文才开始发展，做了许多不朽的工作，自一八四七年至一八五五年，他继续的出版了他的《安格林的回忆录》(*Memories of Anglin*)、《一个猎人的回忆录》(*Memories of a Hunter with His Fowling Piece in the Government of Orenburg*)及《一个猎人的故事与回忆》(*Stories and Remembrances of a Sportsmcm*)，这三部著作已足以使他成一个第一流的作家了。一八五六年，他又出版了一部大著作《家史》(*A Family Chronicle and Remembrances*)，隔了一年，(一

Aksakov（1791—1859）

五八年），他的第二部大著作《巴格洛夫的幼年》（*The Early Years of Bagrov-the -Grandchild*）又继之而出。这时，他的文名已经确定了。当时的一般斯拉夫党且尊之为俄国的莎士比亚或荷马。他的成功，不仅在反映全时代在他的回忆录里，且进而创造出那时代的人的真范，以后的作家在此处受他的感化不少。他的描写风景及动物生活也极可赞美，无人能够及之。

台尔（V. Dal）（一八〇一年生，一八七二年死）的作品虽然不多，但却不能略去不提。他生于俄国的东南部，他的父亲是丹麦人，他的母亲是法德人。他在杜尔柏大学毕业，是一个自然学家，他的职业是医生，但他最喜欢研究的却是人种学及语言学，他对俄国文字及习语很有功绩。他曾用一个假名字刘甘斯基（Kozan Lugansky）做了许多描写民间生活的杂记。（曾集百则，成一册，名《俄民生活的影片》，一八六一年出版。）屠格涅夫及倍林斯基（Bylinsky）都极赞美他。他做了军医，随着他所属的军队，四处迁徙，所以他有许多机会，搜集各地的语言、习语、谜语等等。

他的主要著作《俄国辞典》（*An Explanatory Dictionary of the Russian Language*）共有四册，是一部不朽的大工作，还有一部，《俄人的成语》（*Proverbs of Russian People*）也有很大的价值。

柏那夫（Ioan Paruæv）（一八一二年生，一八六二年死）是一个对于俄国文学界很有功绩的人，但在当时却不很著名。他与尼克拉莎夫共同编辑《现代》杂志，与当时的文人都是很好的朋友。他做了不少的小说。他的小说所创造的妇女的范式，曾被批评家称为“屠格涅夫的女英雄的精神上的母亲”。

孚馨司卡耶（N. D. Hvoschinskaya）（一八二五年生，一八八九年死）是一个很可注意的女作家。她嫁后改名为谢安加斯卡耶（Zaionchkovskaya），平常作文字，则都用她的男性的假名克利司托夫斯基（V. Krestovsky）。她的文学工作，开始得很早（在一八四七年），她的作品为大众所称许，读者极多。但在她的早年，她的价值尚未为批评家所认识，直至七十年代之末，才有人完全发现她的才能，置之于依丽亚（George Eliot）等女流作家之列。她在尼古拉一世时代所作的小说，与屠格涅夫一样，带着浓厚的悲观色彩。那时，她还是一个处女，她的母亲是很专制的，她的父亲则为一个孤独的自私的人，环绕她的男朋友，也没有一个好的人，她的作品遂在表现出一个忧郁失望的少女来。到了六十年代的初期，俄国的情形较好，她的作品也变了色彩。《大熊》（*The Great Bear*）是这时期最重要的作品。那时正是“到民间去”大运动开始之时，《大熊》是男女青年最喜读的小说之一。到了七十年代末之后，她的作品，又换一个样子。《照相簿》（*The Album : Croups & Portscaits*）是这时期最好的作品。她在这部书里，把对于时代的愤慨，与自己身世的悲感，曲曲的描写出来，可说是俄国文学中“主观的写实主义”（Subjective realism）的最好作品之一。

同时代的几个诗人

自普希金、李门托夫死后，俄国诗坛，久绝嗣音，直至十九世纪后，尼克拉莎夫诸人出，才重复现出活气来。现在在此处略述与尼克拉莎夫同时的几个诗人。

加尔莎夫（Koltsov）（一八〇八年生，一八四二年死）是一个平民诗人，他所歌的都是悲伤之调。他写南俄的无尽的草原，写草原上的穷苦生活，写农妇的悲惨境遇，写感受一切痛苦的爱情，写平民快乐之短促而涕与忧愁之永在，使得每个人都为之怆然感动。他的诗的风格、内容及形式，以及一切，都是独创的，即其韵律也不同平常的诗歌，却音调和谐如民歌。他的第二期的诗尤为纯美，每一行，每一感想，都打到读者的心里，充满他以对于自然与人的诗的爱。他同许多俄国的好的诗人一样，死得很早，正在他天才成熟，思想更为深邃之时，他的诗弦，却拍的一声断了。

尼吉丁（Nikitin）（一八二四年生，一八六一年死）生于南俄的一个穷苦的家庭里。他的父亲沉醉于酒。他的生活因此非常悲惨。他也死得很早，但他所留下的诗却有许多至可贵宝的东西。他描写民间的生活，而染以他自己所感受的不幸生活的深忧的色彩。他的风格朴质而真挚，与后来的民众作家很相似。

白里谢也夫（A. Pleshcheev）（一八二五年生，一八九三年死）与杜思退益夫斯基同被政府所捕。他的罪名较轻，仅被罚充兵役。到亚历山大二世即位时，被赦回莫斯科。他的诗最初不为人知，到了他最后的三十年间，才成为民众所爱的诗人之一。他与他的许多同时代的作家不同，他的诗并不受时代的黑暗的影响。无论在什么时候，他的歌声总是活泼、新鲜而快乐。只有最后的二三年，因为疾病频侵的缘故，才开始带有悲观的音调。他除了自己做的诗以外，还译有不少的英、德、法及意大利等国诗人的作品，都译得很好。

除了以上三个描写实际生活的诗人外，同时还有一群“纯美”或“为艺术之艺术”派的诗人。

邱采夫（T. H. Tyuttchev）（一八〇三年生，一八七三年死）是“纯美派”诗人的很好的代表。屠格涅夫非常称赞他。他的诗虽受普希金时代的影响，却到处都显出独创的精神。他的诗的遗产虽少，却都是很宝贵的奇珍。他的诗一部分描写自然，一部分是哲理的。有时他也写关于政治的诗，但大家却以为是反动的，不表同情于求自由的时代的。

Maykov（1821—1897）

梅依加夫（Apollon Maykov）（一八二一年生，一八九七年死）常被人视为纯粹“艺术派”的诗人，但在实际上，他的诗是划分三个时期的。在他的少年时期，他是追慕古希腊罗马的人，他的主要作品《三死》（*Three Deaths*）是表现古代异教思想与基督教思想间的冲突的，但他的许多好诗却都是异教思想的表现。在六十时代，他被俄国及西欧的争自由运动所感化，诗里充满了这种与时代相呼应的争自由的精神。他的诗在这个时候算是最好，同时还译了好些海涅（Heine）的作品。到了最后一个时期，俄国的自由运动已入终止之境，他便变了意见，开始在反对方面写文章，渐渐的失了他自己的天才与一般读者的同情。除了这个最后时期的少数作品外，梅依加夫的诗大概都是很音乐的，有力的，而且富于诗趣。有的诗实已达于“真美”之境。

萧皮那（N. Scherbina）（一八二一年生，一八六九年死）也是一个追慕古希腊的诗人，关于这一类的诗，他有时且超越过梅依加夫。

波龙斯基（Polonsky）（一八二〇年生，一八九八年死）是屠格涅夫的一个亲密的朋友。他的天才很高。他的诗音节和谐，想像丰富，风格又自然而朴质，所取的题材，也都是独创的。但他缺乏伟大的气魄，没有浓挚的情感与深切的思想，不能成一伟大的诗人。

善辛（A. Shenshin）（一八二〇年生，一八九二年死）是这一群诗人中色彩最浓的人。许多人只知道他的假名字孚特（A. Fet）。他自始至终，都保持他的“纯美派”或“艺术派”的精神。他做了许多关于经济的及社会的问题的文字，但却都是用散文发表的。至于在他的诗里，则除了崇拜为美的美之外，什么东西都不渗杂过去。他的这个趋向很得到成功。他的短诗都非常美丽。他的回忆录共有二册，是一部很有趣味的书。他是托尔斯泰与屠格涅夫的很好的朋友，这部回忆录对于研究这两个大作家的人很有许多帮助。

Polonsky（1820—1898）

阿利克塞·托尔斯泰（Alexei K. Tolstoi）也是这一群诗人之一。他的诗都是很音乐的。他的感情虽不甚深挚，而他的诗的形式及音节却极可爱，其风格也是独创的。没有人比阿利克塞·托尔斯泰把俄国民歌的风格运用得更好的。他在理论上是主张"为艺术的艺术"的，但他也并不坚持这个目标。他的剧本是很著名的。在下一章"俄国的戏曲"里，当再述他一下。

翻译诗人

以上所举的几个诗人，差不多都译过不少的作品。底下所述的则是几个专以翻译诗歌著名的诗人。

格倍尔（N. Gerbel）（一八二七年生，一八八三年死）以整理《依鄂太子远征记》著名，后又译了许多西欧诗人的作品。他的《席劳诗选》（*Schiller, translated by Russian Poets*）（一八五九年出版）及关于莎士比亚、拜伦、歌德诸人的同样诗集，很给当时以重要的影响。

美坚洛夫（M. Mikhailov）（一八二六年生，一八六五年死）是《现代》杂志里一个很重要的作家。一八六一年，被政府遣戍于西比利亚，作了四年苦工，病死。他译了海涅（Heine）、郎佛罗（Longfellow）、丁尼生（Tennyson）及其他诸诗人的作品，很著名。

文葆（P. Weinberg）（一八三〇年生）以译莎士比亚、拜伦、雪莱（Shelley）、西里唐（Sheridan）、考贝（Coppe）、海涅诸人的诗著名。他还出版了歌德与海涅的诗选。

梅依（L. Mey）（一八二二年生，一八六二年死）著了不少描写民众生活的诗，及几篇剧本。他的诗很美丽，剧本则以写古代生活者为最好。他所译的东西极多，除了近代的西欧诗歌外，他还从希腊、腊丁及古希伯莱译出许多好作品。

美那依夫（D' Minayev）（一八三五年生，一八八九年死）

做了许多讽刺诗，又译了许多拜伦、保尔痕（Burns）、康威尔（Cornwall）、穆尔（Morre）、歌德、海涅、但丁诸人的诗。

梭可夫斯基（A. A. Sokolovsky）（一八三七年生）译了许多歌德及拜伦的诗歌与散文，但他的不朽的工作及在译莎士比亚的全集，此集附注释，出版于一八九八年，他因此得到科学院的“普希金奖金”。

L. Mey

最后还有两个同时代的散文翻译家，也应在此附说一下。魏邓斯基（Vevdensky）（一八二二年生，一八五五年死）译了许多狄根司（Dickéns）的重要小说，很能得到狄根司的精神。萧尔根诺夫夫人（Madame L. P. Shelgunov）译了史必海琴（Spielhagen）、阿巴契（Auerbach）及席洛骚（Schlosser）诸人的著作，其辛勤也是不可埋没的。

第八章

戏剧文学

启　源

俄国戏剧文学的启源，无从查考，最初所演的大概是宗教剧和民间流行的喜剧。到了十七世纪的末叶，彼得大帝改革一切之前，西欧的习惯，已渐渐的输入，彼得之父阿里克塞帝，招致几个外国人演德国剧。及波洛兹基（Simeon Polotsky）出，作《浪子》一剧，俄国才有自己的剧本。一七〇二年，彼得第一建筑一个剧场在莫斯科，所演的除了德国剧之外，莫利哀的戏曲也曾在那里表演过。至十八世纪中叶，俄国的剧场遂有了坚固的基础。当时颇有几个专门的戏剧作家。

修麦洛加夫（Sumarokov）（一七一八年生，一七七七年死）曾写了许多诗歌与寓言，但他的剧本尤为重要。他的悲剧是模拟莱辛（Racine）与福尔特尔（Voltaire）的，且坚守他们的“三一律”。但他的天才不及法国诸先进作家，所以没有大成功。他的喜剧描写当时社会很真切，他的讽刺的性质，很影响于后来者。

克涅宁（Knyaghnin）（一七四二年生，一七九一年死）是与修麦洛加夫站在同一条线上的，他译法国的悲剧，他自己写的剧本也是模拟法国作家的，大半取材于俄国历史。有一篇剧本，在他死后才出版，因为有要求自由的趋向，竟被政府立刻勒令毁版。

奥赛洛夫（Ozerov）（一七四二年生，一七九一年死）继续克涅宁的工作，但在他的伪拟古主义的悲剧里已引进了浪漫的感伤的气息，于剧场的发展上很有影响。

同时，喜剧也很发达。虽然大多数的喜剧还都是模拟法国，但已有以俄国的日常生活为题材的倾向。加德邻二世所写的几篇讽刺的喜剧，其题材都取之于她的环境，有一篇歌剧，且为描写俄国民众生活者。她可以说是第一个把俄国农民表现在舞台上的。同时，阿皮里西摩夫（Ablesimov）的《磨工》，克涅宁的《小贩》及其他平民的喜剧，都继续的出现于剧场，且甚为观众所欢迎。方·威真（Von Wizin）及寓言作家克鲁洛夫所作之喜剧，在当时也很有影响。

十九世纪初叶

十九世纪的前三十年间，俄国剧场发达得很快。圣彼得堡与莫斯科出了许多有天才的演员，戏剧作家也如春笋一般的跑出来。当拿破仑战役时，爱国的悲剧流行一时。但伪拟古主义的悲剧，势力还是很强盛。后来因卡伦辛及助加夫斯基诸人的努力，浪漫主义才代替伪拟古主义而占领俄国的剧场。萧霍夫斯基亲王（Prince Shahovsky）作了百余种的剧本，在当时很有势力。莫利哀（Moliere）的作品也有很好的译本。但伟大的作品，直至后来格利薄哀杜夫、歌郭里、阿史特洛夫斯基诸人起，才有产生。

格利薄哀杜夫

格利薄哀杜夫（Griboedov）（一七九五年生，一八二九年死）死得很早，且传下来的只有一篇喜剧《聪明误》（*Gore ot Uma*）及几段不完全的悲剧，但即此已足以使他不朽。格利薄哀杜夫对于俄国戏剧文学的功绩，正与普希金之于俄国的诗歌。格利薄哀杜夫生于莫斯科，十五岁进大学。他在大学里得到许多关于世界文学的知识，并且已着手写这篇著名的喜剧。一八一二年，拿破仑侵入俄国，他投入军中。四年内皆在陆军里为马队军官。这时的军队很受自由空气的感化。一八一六年，他离开军队，服从母命改入圣彼得堡外交部办事。在这个地方，他和“十二月党”李列夫诸人做朋友。后来因为决斗之故，移居到抵海兰（Teharan）去。他在波斯境内游历：以他的活泼及才能，在外交界上非常活动。但还时时写他的喜剧。一八二四年，他暂到中俄去，《聪明误》即于此时完成。这剧的稿本，

Griboedov（1795—1829）

偶然为几个朋友看见，他们都大大的受感动，在数月内到处传钞，立刻引起很大影响：老年的人恨他，少年的人热烈的崇拜他。许多人竭力想把这篇戏出现在舞台上，但检查官坚执不许。格利薄哀杜夫遂不及见此剧之排演而回到高加索去。当一八二五年“十二月党”起事时，他被捕送入圣彼得堡狱中，与他的几个好友同居。他

在狱中，还不失其活泼快乐的态度。他常常讲滑稽的故事给他的不幸的朋友们听，使得他们在囚床上打滚的大笑，如小孩子一样。一八二六年，他得了自由，又回到特弗里（Tifles）去。但当他的朋友们如李列夫诸人或死或被流散之后，他的光明的心乃永为愁云所笼罩。一八二七年——一八二八年，俄国与波斯宣战，他加入当外交之任。战事结束时，著名的图克曼且（Turkmanchay）和约即为他所订者。在这个和约上，俄国得了不少的权利。政府即任命他为驻波斯的公使。他在特弗里和一个佐治亚的公主结婚。但当他离开高加索到波斯去时，他自己知道生还的机会很少，因为波斯人都十分的仇恨他。果然他到抵海兰没有几个月，波斯的群众即起暴动，把他杀死。格利薄哀杜夫在最后的几年，对于文学并没有什么努力，只有一篇悲剧《佐治亚的一夜》（*A Georgian Night*）的零稿留下来，全稿则已散佚了。

《聪明误》是强有力一篇讽刺剧，直接攻击一八二〇—一八三〇年间的莫斯科贵族社会。格利薄哀杜夫与这个社会是十分熟悉的，所以剧中的人物都是真实的，而非由于他的创造。剧中的英雄是察兹基（Tchatsky），他新从国外回来，立刻匆匆忙忙的跑到一个老贵族家里，他的女儿莎菲和察兹基少时是亲密的游伴，现在他很恋爱她。但他所受的待遇却非常冷淡，因为莎菲怕他尖刻的议论与讽刺的语调，而她的父亲也已为她选了一个很走运的军官做丈夫。察兹基却毫不觉得，他除了莎菲一人以外，什么也没有看见。他又在他们面前，谈论莎菲所喜欢的一个书记，又激昂的评论莫斯科的事，骂老地主的残酷，使她父亲十分不高兴。最后，在一个宴会中，察兹基又高谈阔论的讽刺莫斯科妇人之事事模仿法国。这时，莎菲因他讥刺过那个书记，心里很恨他，即造了谣言，说他疯了，座中的众客立刻站起来，如野火似的纷纷散去。此剧的最好地方，曾为检查官删去了不少，但原文的精神，并未失去。他所用的语言，是纯正的莫斯科语。在俄国，直至现在，剧场上还重复的演奏这个剧本，且还是同样能感动人。

莫斯科剧场

在十九世纪的第四十年间，欧洲各处，对于剧场都非常尊敬，于俄国尤甚。每一剧本出演，都能招致了一切的知识阶级与各种阶级的少年，舞台被尊称为艺术的宫苑，伟大的教育影响的中心。在莫斯科，这种剧场与社会的知识交接尤为显著。这时所演者多为歌郭里的《巡按》与《结婚》，格利薄哀杜夫的《聪明误》及莎士比亚的剧本。剧场与戏剧作家这时也很能合作。有好些作家都为剧场作了许多剧本。及阿史特洛夫斯基（Ostrovsky）出，以戏剧作家而经理剧场，俄国的戏剧遂大为进步。阿史特洛夫斯基在俄国戏剧文学上的地位，正如托尔斯泰与屠格涅夫在俄国小说上，孤松高耸于丛林之中，实无与他并肩而立者。

阿史特洛夫斯基

阿史特洛夫斯基（一八二三年生，一八八六年死）生于莫斯科的一个平常的家庭里，他父亲是一个为商人作辩护的律师。他与当时一般好少年一样，自十七岁起，即为莫斯科剧场的一个热心的顾客。他和他朋友谈话，总是关于戏剧的事。他进了大学，二年后，因为和一个教授争论，又退学出来，做一个商人公庭的书记，因此他得到机会和莫斯科商人社会相习。他的初期的最好的戏剧的人物都是关于商人社会的，就因受了这个影响之故。直到了后半期，他的作品，方才放大他的观察范围，在别的阶级里取得戏剧的材料。他的第一篇喜剧《家庭幸福》（*Pictures of Family Happiness*）作于一八四七年。三年后，又作他的著名的剧本《破产》（*The Bankrupt*），立刻被大家公认为一个大作家。此剧最初刊在一个杂志上，全个俄国都被其感动。但检查官不准它在舞台上出演。莫斯科商人向尼古拉一世诉请讯办此剧的作者。阿史特洛夫斯基遂被免职，且受警察的监视。直至许多年以后，（一八六〇年）此剧才被允许在莫斯科出演。但即在此时，检查官且坚执的要阿史特洛夫斯基把剧中的恶人受裁判的一段加上。因此，全剧的精神，竟失去了不少。在一八五三年至五四年，阿史特洛夫斯基又连续的出了两个很重要的剧本。第一篇是《他人之车不可坐》（*Dont Take a Seat in Other People' s Sledges*），第二篇是《贫非罪》（*Poverty no Vice*）。第一篇的题材不是很新鲜的，叙一个商人的女儿，跟了一个贵人跑了，后来那贵族知道她不能得他父亲的钱，便虐待她弃了她。但阿史特洛夫斯基却用很新鲜很活泼的文笔渲染她，使之成一好作品——无论在文学上或舞台上。第二篇《贫非罪》，内容更好，几乎全俄罗斯都得到很大的印象。剧中叙一个专制的富商，事事模仿西欧。他的女儿和他的书记米底亚互相恋爱。但他不知道，竟又替他女儿找到一个丈夫。全家的人都反对这件事，只有他强逼的要他女儿答应。正在全家忧愁的时候，她的叔父回来了。他揭发他侄女未婚夫的以前的罪恶。他逃走了。米底亚遂复得与她结婚。当时的《现代》杂志，关于这篇剧本，曾登过好些批评。那时著名的批评家杜蒲罗留薄夫且用《黑暗之王国》的题目，做了两篇长文，解析阿史特洛夫斯基的剧本，引起许多少年的热感。

Ostrovsky（1823—1886）

《雷雨》继《贫非罪》之后而出，其价值似更在《贫非罪》之上。杜蒲罗留薄夫称之为“黑暗之国里的日光”。剧中叙一个女子受她的婆婆的压制，同时，又有一个小商人也受他的主人的虐待，他们处同一境遇之内，自然而然生出同情来。他们很懦弱避去与压制者间的一切冲突。但结果仍免不了牺牲。女子为其夫所弃，投到船头上而死。这篇剧本在文学上，在舞台上都是大成功的作品。每一幕都使人感动，而全剧又是一步步的紧凑，自始至终，毫不显疲倦。自此以后，阿史特洛夫斯基所描写的范围益大。如《苦新妇》，如《森林》等等，其取材都已不限于商人阶级。他又作历史剧好几篇，但没有什么大成绩。

他生平所作，约有五十篇剧本，每一篇都是适宜于舞台上演奏的。有一个批评家说，阿史特洛夫斯基的戏，一幕一幕看去，都是平庸的日常的琐事，但在这些事当中，却蕴着无限的悲苦与感想。大家看来，觉得所看的不是戏，而是人生它自己在眼前走过去，正如作者只开了一面墙，大家自然的会看出屋内的一切。在他剧本里，所表现的人物，形形色色都有，但他永不蹈传统的把人类分为“善”“恶”两型的习惯。在实际生活里，“善”与“恶”是混在一起，决不能截然分开的。阿史特洛夫斯基的人物，最足以表现出这个真理。

历史剧

阿史特洛夫斯基晚年曾从事于历史剧，但不大成功。同时以做这种剧本著名而较他成功的，有阿里克塞·托尔斯泰（Count Alxei K. Tolstoi）（一八一七年生，一八七五年死）。阿里克塞·托尔斯泰是一个很著名的诗人，在本书上一章里曾提到他。他的历史小说《色利不里安王》（*Prince Serebryanyi*），也非常著名。但他的主要的著作却是一部三连剧，《恐怖依凡之死》（*The Death of Ivan the Terrible*）、《依凡诺威契帝》（*The Tsar Theodor Ivanovitch*）及《波里士·各特诺夫》（*Boris Godunov*）。

A. K. Tolstoi（1817—1875）

阿里克塞·托尔斯泰是亚历山大二世幼年的伴侣，也是后来很亲密的朋友，但他不受亚历山大的一切荣赐。他生平好猎，因此即求为皇家猎队的队长。他生长于小俄罗斯，饱受山色湖光的陶冶，后来又游历意大利，益热心于美的艺术，对于歌德及普希金尤为崇拜。

他的三连悲剧，其感动读者之处乃在于描写的深切与叙述的动人。但因受历史上的事实的拘束，有些地方，不能把主人翁的性格完全表现出来。他的剧本，是写实的戏曲，但还略略可以感到浪漫的气息，于恐怖伊凡的性格的结构上尤可觉得到。独于描写依凡诺威契帝的地方，则完全是一个生的人，而不是意造的，可以说是例外。这因为依凡诺威契的性格与亚历山大二世极相似，同是一个好心胸而无主见的人，而阿里克塞·托尔新泰与亚历山大二世十分亲近，所以能写得那样活泼动人。

同时的戏剧家

与阿史特洛夫斯基诸人同时代的戏剧家，现在略述几个。

柯皮林（Suknovo-Kobylin）著一部三连喜剧，在当时很著名，其中《克里兴斯基之结婚》一剧，在剧场上最得人称许。

丕塞姆斯基（A. Pisemsky）（一八一〇年生，一八八一年死）是一个小说家。他除了几部小说，几篇喜剧外，最著名的是一部戏曲《悲惨运命》。这是描述农民生活的，即以托尔斯泰著名的农民剧本《黑暗之势力》与之相较，也不能超过他。

巴特金（A. A. Potyekhin）（一八二九年生，一九〇二年死）也是一个小说家，同时做了许多剧本。他的喜剧《丁塞尔》（*Tinsel*）、《割去的一片》（*A Slice Cut-off*）、《悬缺》（*A Vacant Situation*）及《混水》（*in Muddy Water*）都极难通过检查官的手中，第三剧则始终没有排演过。但已排演的，却都很得成功，且甚引起批评家的注意。《丁塞尔》一剧，尤可表现巴特金的才情。他还有一个兄弟尼古拉斯，也是一个戏剧家。

柏尔姆（A. I. Palm）（一八二三年生，一八八五年死）是一个老戏剧家。在一八四九年，因为与杜思退益夫斯基诸人一党的关系，被捕。此后，他的生活遂非常穷苦，直到五十岁后，才再从事于文学的活动。他的喜剧《老贵族》（*The Old Noblenan*）及《我们的朋友尼克留至夫》（*Our Friend Nekluzhev*）是剧场里永久欢迎的作品。

蔡尼肖夫（I. E. Tchernyshov）是一个伶人，曾编过几篇剧本，很得时人的称许。梭罗委夫（N. Soloviov）是追步阿史特洛夫斯基的作家，但没有多大成就。此外还有察夫（Chaev）、克利洛夫

（Y. A. Krylov〔Alexandroa〕）诸人，因不大重要，不能详述于此。

阿史特洛夫斯基以后

自阿史特洛夫斯基死后，圣彼得堡与莫斯科的剧场渐渐衰落下去。其衰落的原因颇多，一是检查官的无理干涉，二是剧场办事者常常无意识的把演剧时间缩短，三是剧场主任与演剧者经济的及道德的堕落，四是外国优伶与本国优伶的竞争。直至“海鸥剧场”成立，这种现象才有转机。“海鸥剧场”规模极大，以演柴霍甫（Tchekhov）的《海鸥》一剧得名。

柴霍甫与高尔基（Gorky）的戏剧，为这时所最欢迎者。稍后则安特列夫（Andereev）的象征剧，亦盛行一时。但这三人的文学工作，不仅限于戏曲，故于下几章里另述之，这里不提了。

第九章

民众小说家

民众小说

俄国文学里，有一个很重要的派别，就是民众小说家（Folk—Novelists）。所谓“民众小说家”并不是“为”民众而著作的作家，乃是叙述民众生活的作家。他们所写的是俄国的农民、矿工、工厂工人、穷苦的流荡人，以及农村、小镇的景色。在西欧各国，这种文字不多见。西欧的作家，虽然也有描写到这些被压迫者，但多半是书中的陪角，而不是主人翁。俄国则自十九世纪后半以来，此种作家极多，且都是专门描写这些民众的。他们的著作，也甚为读者社会所欢迎，他们是真确的写实主义者，他们表现出人生的真相，一举一动都赤裸裸的描写出来，毫不加以理想化。

初期的作家

初期的民众小说家最重要的是格里各罗威契（Grigorovich）（一八二二年生，一八九九年死）；他有伟大的天才，批评家有时以之与托尔斯泰、屠格涅夫、龚察洛夫、阿史特洛夫斯基诸人并称。

他的母亲是法国人，所受的教育也是法国的。他并不是专从事于文学的，同时并努力于绘画，在他最后的三十年间，且什么小说也不写，只把他的全力给了俄国画学会。但他的文学成绩却很大，在四十年代之初，他以著《擦机械者》一篇小说有名。这时，俄国的社会正受法国社会主义者的影响，知识阶级都趋向于社会运动。格里各罗威契也为这个新涨的热潮所卷。他很热诚的对于穷苦的被压迫者表同情。他到乡村里住过两年，在一八四六年遂发表他的第一部描写乡间生活的小说《乡村》（*The Village*），以真挚写实的笔，写出乡间生活的黑暗与奴隶制度的恐怖。此书出时，当时的批评家倍林斯基（Bylinsky）立刻承认他是一个蕴有伟大力量的新作家。他的第二部小说《不幸的安东》（*A nton the Unfortun ate*）也是描写乡村生活的，其效果之大，直等于美国史陀活夫人的《黑奴吁天录》（*Uncle Tom's Cabin*）。当时的知识阶级的男女，没有一个人读了这本书不替不幸的安东流涕的，且对于农奴，没有一个人不很感动的换了一付好心肠的。在后八年间（一八四七年——一八五五年，）他又著了同样性质的几部书，如《渔夫》《移民》《农夫》《流荡人》

Grigorovich（1822—1899）

及《乡间之路》(*The Country Roads*) 等。至此，他突然的搁下笔来。以后的许多年间只写了两部小说及一本回忆录。许多批评家对于格里各罗威契的见解很不相同：有的以为他的作品是非常可赞美的，有的则以为他所写的农夫并不是真实的。屠格涅夫也以为他的描写似乎太冷淡。但无论如何，格里各罗威契的成绩总是很伟大的，他所写的农夫也很好，不过略有些理想化了。这实是初期民众小说家与以后民众作家不同的地方。

与格里各罗威契同派，且对于农奴解放运动也很尽力的民众作家是麦可威契夫人——(Mme Marie Markovitch)，她著作时常用她的假名 Marko Vovtchok。她是大俄人，但因嫁给小俄的作家麦可威契，所以她的第一部描写农民的小说集是用小俄文写的。(后来屠格涅夫把他们译成大俄文) 但不久，她的著作又都直接用大俄文写。在现在看来，她的小说，似乎是太感伤了。然在当时则读者都带着热诚欢迎她，为她的所写的农妇流下同情之泪。且她的感动主义也不是十九世纪初叶的没有真情的感伤主义。她的著作里满含着同情，且富于诗的与民歌的趣味。她的人物，大概都是意造的，这是初期诸民众小说家的通病。但她的描写小俄乡间的背景与地方生活的色彩则极为真切。

这时，还有一个作家但尼里夫斯基 (Danilevsky) (一八二九年生，一八九〇年死)，也不能不提到。他是以历史小说的作者著名。他的三部长小说，《诺孚罗西耶的逃奴》《归来的逃奴》及《新的居民》，读的人极多。这三部小说都是描写那些新辟地的住民的生活。这些居民，大半是逃奴、没有得政府的允可而去耕种西南方的新得的自由土地。他的叙述都活泼而具同情。

中期的作家

格里各罗威契诸作家，虽然努力的从事于民众生活的描写，但他们的著作似乎是太理想化了，因为他们不知道描写穷苦阶级的生活应该用新的形式。到了后来才渐渐的有新的描写方法和新的风格成立。但这是一步步的发展起来，从格里各罗威契到“极端的写实主义者”勒谢尼加夫（Ryeschetnikov），又到“写实的理想主义者”高尔基（Gorky），民众小说的方式才臻完善之境。介于其间的几个中期的作家，其努力也是不应该忘记的。

柯可里夫（I. T. Kokorev）（一八二六年生，一八五三年死），死得很早，他做过几篇故事，叙写小工匠的生活，表面上还离不了感伤主义的色彩，但在实际上，则因他是生长在这个小工匠的群中之故，他的人物是活的人物，生活是内部的真实的生活。

丕塞姆斯基（A. Th. Pisemsky）（一八二〇年生，一八八一年死）与巴托金（A. A. Potyekhin）（生于一八二九年）的民众小说，较之以上诸人，已显出很大的进步。他们也是戏曲家，在本书上一章里曾提到过。现在再略说一下。

Pisemsky（1820—1881）

丕塞姆斯基与屠格涅夫同时。有一个时期，批评家曾列之于屠格涅夫，托尔斯泰诸人之林。他的文字有力而真切，他的小说《千人》（*A Thousand Souls*）在农奴解放运动时出版（一八五八年），曾给读者以很深的印象。第二年即译为德文。当大反动及虚无党运动的时代，丕塞姆斯基却很悲观的写了一部《汹险的海》（*The Unruly Sea*），反抗少年一代的人。他在早年的时候，曾做过几篇描写农民生活的故事，又做了一篇写乡间生活的剧本，名《悲惨运命》。他的农民是真实的，已脱尽了格里各罗威契诸人的理想化的痕迹。

巴托金的主要著作是喜剧，本书上章已述过，但同时并著了几篇描写农民生活的剧本及民间情况的故事与小说。在这些作品里，最足以看出民众小说的变迁痕迹。巴托金初期的这些作品，还受流行的把农民理想化了的习气。到了第二期，因受六十年代写实主义的感化，态度竟完全变更。这时出现于他的作品里的农民是真实的农民。但他尚只能捉住农民生活的外部，至于农民的内部的灵魂的描写，则尚有待于后来者。

民俗的采访

自一八六一年农奴实行解放后，一切控诉农奴痛苦及主张人民平等的作品已非需要。于是知识阶级进一步而采访民俗的运动，收集民歌，调查民间信仰与风俗。孔士坦丁大公爵（Constantine）为这个运动的主动者。此外还有许多人自动的步行全国，收拾一切材料。于是有许多报告出版。在这些报告里，富有文学趣味的也不少。如马开西摩夫（Maximov）之《北方之一年》《西比利亚与苦工》，阿发那西夫（Afanasiev）的《俄国民间的传说》，谢里兹诺夫（Zheleznov）的《乌莱尔的哥萨克》，麦尼加夫（Melnikov）的《在森林中》《山上》等等，都极受读者的欢迎。

在这个时候，理想化的民众小说，已成过去之物，新的民众小说家遂继之而起，以勒谢尼加夫为其最重要的代表。

勒谢尼加夫

勒谢尼加夫（Ryeshetnikov）（一八四一年生，一八七一年死）为“极端的写实主义者”（The ulta-realist）。他家境极穷，父亲是一个邮差。他的叔父把他带到一个城里。他极受他的虐待。十岁时，他把他送入一个教会学校，其受苦较在他叔父家时更甚。他逃走了，又被他们捉住，受了一顿毒打，因此住在医院二月。后来又第二次逃走，加入流丐团体。不久又被捉。他的叔父也是邮差。勒谢尼加夫常偷邮局里的报纸来读。后来因为他毁了一件公文，被捕到法庭里去，判决禁在僧院里二月。出僧院后，他通过地方学校的考试，成了一个书记。一个巡按到这个地方，很爱他，带他到圣彼得堡去。他在本乡已开始著作，这时继续的做许多东西投到各杂志里去，因此认识了尼克拉莎夫，把他的小说《波里宝夫塞》（*Podlipovtsy*）刊在《现代》杂志上。

勒谢尼加夫的著作，与一切人都不同，他有他自己的特质。他的著作只有赤裸裸的“真实”，如一种的日记，毫不加以增饰。他的第二部小说《格鲁摩夫》（*The Glumoffs*）叙铁匠的生活，一点惊奇变动的事实都没有，只是平淡的无饰的表现出他们的阴惨的生活。读者竟渐渐的受感动，被一种失望捉住。他的《在众人中》叙他幼时的苦况，还有一部长小说，《何处是较好的地方》叙一个穷苦阶级的妇人求工作的困苦。

他的著作虽然缺乏形式，但在艺术上自有相当的价值。

列维托夫

列维托夫（Levitov）（一八三五年，或一八四二年生，一八七七年死），是勒谢尼加夫同时的很著名的民众小说作家。他所描写的是中俄南部的地域。他的生平很悲惨，他父亲是一个穷牧师，他十六岁时步行到莫斯科入大学。一八五八年因参与学生运动，被政府流放于北方，后来被赦回莫斯科。他在都市的穷苦生活中却时时想到幼时绿草无垠的家乡。他的《草原杂记》即描他家乡的生活。他以后还著几部描写城市生活的杂记，但都不如《草原杂记》之精美而富于诗趣。

乌斯潘司基

乌斯潘司基（Cleb Uspensky）（一八四〇年生，一九〇二年死）的著作，与上面所举的几个作家都不相同。他自成一派。他的作品可以说不是小说，但除了描写民众心理的地方以外，又具备一切小说的元素。他的最初的小说《毁灭》（*Ruin*）已有这种倾向。到了

Uspensky（1840—1902）

后来，竟完全侧重于民族描写。他的著作，开始时为一小说，后来则讨论一切问题，有如政论。这种政治言论与艺术的混合物，虽然极不易动人，但在乌斯潘司基描来，则使大家读之，如读一部好小

说，不肯半途释手。他的著名作品《土地之力》(*The Power of the Soil*) 即其代表。

同时代的作家

波美耶洛夫斯基 (Pornyalovsky) (一八三五年生，一八六三年死) 以描写当时教会学校的生活著名。他所写的，一切都是赤裸裸的真实。他的作品以《菲力斯丁之幸福》《摩洛托夫》(*Molotov*) 及未完工的小说《兄妹》为最著，都含有博大的人道精神。可惜他死得太早 (未满三十岁)。不能使他的天才成熟。

史拉托夫拉斯基 (Zlatovrasky) (一八四五年生) 自童年即熟知中俄农民的生活。他的作品以《村间的日常生活》及《基础》等为最著。

恼摩夫 (Naumov) (一八三八年生) 住在西比利亚西部很久。著了许多描写这个地方的乡间及矿中生活。当"到民间去"运动发生时，他的这些作品常被印为小册子分送各处。

柴沙定斯塞 (Zasodimsky) (一八四三年生) 的著作《草原的神秘》描写乡间略有知识的农民很成功。

彼得洛柏洛夫斯基 (Petropavlovsky) (一八五七年生，一八九二年死) 常以喀洛宁 (Karonin) 的假名写了不少东西。他的作品以《我的世界》为最著名。他又是一个诗人。

麦尔辛 (L. Melshin) (一八六〇年生) 也是一个诗人，曾在西比利亚做过十二年的苦工。他的作品《放逐者的世界》，可与杜思退益夫斯基《死人之家的回忆》并肩。

尼弗杜夫 (Nefedov) (一八四七年生，一九〇二年死) 是一个很好的作家，曾写过很多的关于工厂与乡村生活的杂记。

以上的诸作家，虽然没有什么大成绩，但他们的努力，他们的贡献却都很重要。有的且对于"理想的写实主义"很有影响。这个主义到了高尔基才得到伟大的成功。

高尔基

高尔基（Maxin Gorky）（一八六八年生）是许多民众小说家中的最伟大者。他的作品是民众小说中最完善的出产。他成功得极快。当他初次在一个高加索僻城的小报上登他的小说时，（一八九二年左右）文学界里还完全不知道他，但当他的一篇短篇小说刊在科洛林科（Kololenko）主撰的一个杂志上时，竟立刻引起大家的注意，许多人都求知这个新作家的名字。原来高尔基是他的假名，他的真名是彼西科夫（A. Pyeshkov）。他的家境极穷。九岁时即失去父母，被养育在亲戚家里，甚受虐待。一天，他便逃走，到一个商船上做事。这时他才有十二岁。在这个船上，他第一次得读歌郭里的著作。后来他又做过烘面包者、侍役、卖萍果者，最后才在一个律师处当书记。一九〇〇年，他的小说集出版，初版在数日内即卖尽。他的文名挤于当时大作家科洛林科与柴霍甫之列，有的人且以之为托尔斯泰的后继者。西欧与美国也立刻便认识了这个作家，把他的作品译了许多过去。

高尔基之所以能得如此迅速、如此伟大的成功，我们只要一读他的小说便可以知道其原因。他的短篇如《二十六男与一女》，如《我的伴侣》等等，使我们一读，情绪便立刻紧张起来，且立刻觉得惊奇不置，因为他已使我们见了从未见过的奇境与奇剧，如使我们久住城市的人登喜马拉耶最高峰，看云海与反映于雪峰之初阳，自然谁都会为之赞叹不已了！他所描写的男人与女人都不是英雄，而是流荡者与草屋的住民，与一切所谓下等的人。实在的，在一切世界的文学上，像高尔基把平凡的人在平凡的境地上，描写得如此新鲜，如此特创，如此活泼有趣，把人类感情的变幻与竞斗，分析得如此动人，如此好法，恐怕没有第二个人。他实是一个大艺术家，一个诗人。勒谢尼加夫的“极端写实主义”有许多地方是行不去的。艺术的作品本是个人的，无论如何，一个作家的同情，总会渗入他的作品里。高尔基虽为一个写实主义者，其描写的忠实不下于勒谢尼加夫，同时却知道把主要的人物理想化了，这是使他得伟大的成功主因。

他所爱的人物是“反抗者”，一个反抗社会而具有能力而坚强的意志的人。他的作品的呼声是反抗的呼声。俄国的作家，多带宗教的气息，他则把这个气一扫而空，使我们直接与一切事物的真相打个照面。他自己置于强的方面，他绝叫生活的权利。这是他新辟的境地。当二十世纪最初，俄罗斯革命的乌云弥漫于天空时，高尔基的著作，实是夏雨之前的雷声。

他与柴霍甫及科洛林科相同，短篇的作品虽然大成功，长篇的小说却不能使人满意。他的这些作品，如《三人》等，结束时总太嫌气力薄弱。这是他才力短弱处，不能以瑜掩瑕的。

他的戏曲也很著名，《沉渊》（*At the Bottom*）尤足以使他成一个不朽的戏剧作家。

一九〇五年的俄国革命，高尔基也有参与。革命失败后，他逃到意大利去。自此以后，他的作品也与当时的颓唐的空气一样，不复见新鲜与强健的色彩。直到一九一七年，俄国革命告成，他回国后，其作品《童年》才又蕴着初期著作的热情与希望。

李宁诸人组织苏维埃劳农俄国，高尔基也很恳挚的与他们合作。现在正从事于《世界文学丛书》的刊行。

第十章

政论作家与讽刺作家

俄国的政论

一九一七年以前的俄国，是最黑暗最不自由的国家，人民几乎没有一切政治上的自由，所有的报纸，都要经过严厉的检查，政府可以随时禁止书籍及报章的印刷与发卖。在这样的一个黑暗情况底下，俄国自然没有什么“政论”可言了。但是“压力愈大，反动愈烈”，这句话已成了一个公例。俄国的政府虽然竭尽他们的智能，以阻止人民的讨论政治，而当时的知识阶级却能避免了他们的干涉，寻出了许多新的沟渠，以流通他们的政治思想。当杂志上或报纸上要讨论一件禁止讨论的事，或发表一种必要被检查员反对的言论时，他们一定引用了特别的表面上似乎与所论的事实无关的成语，以传达他们的意旨，如屠格涅夫小说里的路丁或巴札洛甫所说的几句话，往往传达了不少的意思。但除了这种以隐语为表示的方法以外，他们流通政治思想的直接方法，也还有不少：第一是成立了许多文学会与哲学会；第二是在艺术评论与讽刺文里论政治思想；第三是在国外，尤其是在英国与瑞士，组织关于政治的杂志。因此，虽然在那样黑暗，那样没有政治自治的俄国，政论作家却仍能继续不断的放射他们的光明。

西欧派与斯拉夫派

当十九世纪的四十年代与五十年代，俄国的思想界，起了很激烈的互斗，各种的党派纷纷的树立起来。那时，报纸上关于政论与政治思想是决不能传播的。二三家半官式的报纸，虽然被允许发表这些言论，而其所发表的却都是绝无价值的。惟一的发表政谈的机会，是在私人交际的时候。于是这些“党派”的会集时，便是一般知识阶级的交换意见的时候。有许多人，如史担克慈契（Stankevitch）（一八一七年生，一八四〇年死）等，虽然什么东西也没有写，而他们的人格的感化，对于同派的人却极有影响。

当时的思想分为两大派，代表两个哲学的和社会思想的主要潮流，一派是“西欧派”，一派是“斯拉夫派”。西欧派是赞颂西欧文化的，他们主张俄国在欧洲各国的大族中，并不是化外的国家。她必要经过如欧洲各国所已经过的发展程序，第一步是放奴，第二步改革现在的政治组织。俄国的固有好处，经此改革，不仅保存，且能向上发展。斯拉夫派的主张则与此不同。他们说，俄国有她自己的使命，有她自己的特性。她没有与西欧各国相同的历史与社会组织，所以不能跟了他们走。俄国的生活有三个基本的原素：一是希腊教会，二是皇帝的绝对权，三是人民。到了六十年代，大部分的“西欧派”都主张在西欧进化上所应受的痛苦，如资本主义之类，在俄国亦必要重现，他们是相信进化律的。同时，“西欧派”里少数的思想较高的人，如赫尔岑（Herzen），如周尼雪夫斯基（Tchernysheosky）等，他们的思想，又与此不同。他们以为西欧近来工人与农夫所受的田主与资本家的痛苦，以及其他一切，都不是“历史上的必要”的。俄国可以不必重蹈他们的覆辙，且看了先进各国的榜样，知道取其利而避其害，可以发达工业，而不至丧失了善良的村间的土地公有制与农人的自治组织。斯拉夫派在这时候，思想的变化也与西欧派相同。他们最好的代表是阿克莎加夫兄弟（The two brothers Aksakov）、克利亦夫斯基兄弟（Kireyevsky）及霍耶加夫（Homyakov）等。他们对于俄国的历史研究很有功绩，他们把俄国国家的历史法律与俄国人民的历史法律分别出来。他们打破以前卡伦辛的俄皇是古代传袭下来的意见，而以封建制度的学说代之。到了放奴以后，“西欧派”与“斯拉夫派”竟携手一堂，有一致的主张。最急进的社会主义的“西欧派”，如周尼雪夫斯基之流，赞成“斯拉夫派”保持俄国农民组织的主张，而最前进的“斯拉夫派”，对于“西欧派”宣传的“独立宣言”与“人权宣言”，也完全表示同情。此后，这两派遂不复起争端。至于后起的大斯拉夫主义者，则正做着帝国主义的迷梦。俄国思想界的冲突，已不是“西欧派”与“斯拉夫派”（国粹派），而是皇权与自由，资本主义与劳动主义，政权集中与乡村自治的思想的争斗了。

国外的政论作家赫尔岑

俄人在本国里既不能得政治的自由，遂有许多优秀的分子，被逼而离开俄国，他们不是到瑞士，便是到英国。至于德奥以及法国是不能容留他们的。他们居留于国外的，常组织言论机关，论本国政治，秘密或公开的输入俄国。但这种在国外出版的政论，在俄国有真正的影响的时期，仅有数年，这就是当赫尔岑出版《钟》（*The Bell*）的时候。

赫尔岑（Herzen）（一八一二年生，一八七〇年死）的家庭是莫斯科很有钱的人家。他父亲藏书极富，都为十八世纪德法二国的哲学书。法国的百科字典家的思想，给他的印象最深，所以后来他虽为时代潮流所驱，也去研究德国的玄学，而法国的思想迄未弃去。他进了莫斯科大学，研究物理学及数学。一八一〇年的法国革命如一道电光，惊起了全欧的知识阶级。赫尔岑和他的一班少年友人如诗人奥格僚夫（Ogaryav），民歌的收集者柏莎克（Dassek）诸人常常通夜不睡的在那里讨论政治与社会的事件，他们尤其喜欢的是法国的圣西门主义（Saint Simonism）。他们当中的一个，曾做了一首诗，

Herzen（1812—1870）

对于皇帝尼古拉一世，有不敬的意思。这事被警务局听到了。他们便连夜的搜检青年的寓所，把他们都捕了去。有的被放逐到西比利亚，有的被罚充军役，赫尔岑则被送到乌拉尔（Uliods）的一个小城，羁留在那里六年。一八四〇年，他被允许复回莫斯科。这时的莫斯科的青年是沉醉在黑智儿（Hegel）的玄学思想里，如史坦克威慈（Stankevitch）（一八一三年生，一八四〇年死），如巴枯宁（M. Balkunin）（一八一四年生，一八七六年死）都是这派青年的首领。赫尔岑也加入了这个研究，但他并不改变他对于法国百科字典家的崇信与对于法国革命原则的赞颂。一八四〇年的年底，赫尔岑又被放逐到诺孚各洛（Novgorod）去。一八四二年被赦回莫斯科，一八四七年遂离了俄罗斯，永不回来。巴枯宁与奥格僚夫这时已在外国。赫尔岑游意大利后，即到巴黎，加入他的友人群中。这时正当一八四八年大革命之时，他眼见全欧青年的热烈运动，也眼见六月的巴黎恐怖日子。他的《六月》（*June Days*）即描写当时的惊人的印象，为俄国文学上的一篇很好的作品。

深刻的失望，占据了赫尔岑的心上，一切被革命所引起的热情，及希望几乎蒸散净尽。可怕的反动蔓延于全欧，奥大利再行统治意大利与匈牙利，拿破仑三世进入巴黎，各地的社会主义运动被扫除得毫无踪影。赫尔岑于是对于西欧文明也失了望。他表示他的这个意思在他的《从海外》（*From the Other Shore*）一书里，这是一个失望的呼声，从诗人口中喊出的政治家的呼声。

隔了不久，赫尔岑与普鲁东（Proudhon）在巴黎办了一个报，名《人民之声》。这个报纸几乎一张都不能输入俄国。报纸的运命告终，赫尔岑也离了巴黎。他在瑞士享受自然的美赐。及他的母亲和他的儿子都死于破船之中，他便很悲伤的移居到伦敦去。他先办一个杂志，名《北极星》，立刻还在俄国引起很大的影响。除了政论以外，他在《北极星》上登过一部很好的回忆录:《过去的事件与过去的思想》，可算是一部诗的文学。屠格涅夫以它为极美丽，“是用泪，与血写下来的”。

《钟》不久继《北极星》而出版；赫尔岑的言论在俄国成了极大的权威。这时的俄国，政治稍见光明，每个人都谈论着时事。赫尔岑的文字，尤为时人所爱读，他们有一种力量，有一种内部的热情，与美丽的形式，差不多在政论里很不容易找到这种好文章。《钟》的销路，在俄国极为广大，即俄皇亚历山大二世他自己也是《钟》的一个定阅者。到了一八六三年，俄国的政局突然一变。波兰的独立，终止于血与绞架，而俄国的自由运动，也同时完全被阻。反动一起，赫尔岑的势力一落千丈，《钟》在俄国，读者也减至极少。赫尔岑的时代已经过去，他的思想上的子与女，已穿了新的民主的与写实的衣服代他而起。一八七〇年，他死于巴黎，死时情况很孤寂。

赫尔岑在海外没有办报之时，常用依史康特（Iskander）这个假名字在俄国杂志做文字。他还著了一部小说:《谁之罪》，这是在俄国思想发达史上必须举到的一部重要作品。《谁之罪》所叙的是一个穷苦的大学生，在一个将军家里当教员，与他的庶出女儿相恋爱，因娶了她，迁居到外边去。不久，他的一个同学忽然到那个地方来。这个同学与他的夫人，一天一天的亲热起来。他晓得了这个事实以后，心里感得异常的痛苦，因狂饮以消其愁。他的同学觉到这个悲剧的结果，心里大悔，遂离开他们，永不复至。但他与他夫人的爱情竟不能复炽。后来，他遂以酒终其生。这篇小说的英雄是李门托夫《当代英雄》里的柏雀林的余裔，占柏雀林与屠格涅夫小说中诸英雄的中间地位。

其他国外的政论作家

诗人奥格僚夫（Ogaryov）（一八一三年生，一八七七年死）是赫尔岑的亲切的朋友，他的著作并不多。他是以他自身的人格来感化一切的。他的生平非常不幸，但他的朋友们受他的影响却极大。他

Ogaryov（1813—1877）

是一个极端的爱自由者，在他离国以前，他把他的一万多个农奴都解放了，把所有的土地都赠给他们，他的一生，都在国外过着，且永保持着他少年时的平等与自由的理想。他的诗也是慈和而少激烈

的反抗之音。

巴枯宁也是赫尔岑的挚友，他的一生都尽力在国际工人协会，在俄国文学上并没有什么地位可言。但他私人的影响给与当代的大作家者却极大，连倍林斯基也受他的很大的影响。他是一个模范的革命家，近代无治主义的创始者，可以说是全身都燃着熊熊的革命之火的。

拉洛夫（Peter Lavrov）（一八二三年生，一九〇一年死）是一个哲学家与数学家。一八七四年，出版一个社会主义的杂志，《前进》。他的《近代思想史》与《历史的尺牍》（*Historical Letters*）使他得很大的声誉，后书对于当时青年尤有深切的影响。

尼古拉斯·屠格涅夫（Nicholas Turguenev）（一七八九年生，一八七一年死）是著名的政论作家。一八一八年，他在俄国发表了《赋税的原理》一书。对于放奴运动，他很努力，又是十二月党的一个重要党员。一八二五年，他到国外去，因此得免与他的朋友们同受刑难。他遂永留居于国外，大概都是住在巴黎。一八四七年，他在巴黎出版了一部大著作，名《俄罗斯人之俄罗斯》，很注意于放奴运动，同时又在《钟》上，做讨论这事的文字。

史达普涅克（Stepniek）（一八五二年生，一八九七年死）的著作都是用英文做的，后来又译成了俄文。他的小说《一个虚无党的事业》和他的一篇杂记《地下的俄罗斯》表现出他们丰富的天才和敏锐的思想。

周尼雪夫斯基与《现代》杂志

在俄国本地的最著名的政论作家是周尼雪夫斯基（Tchernyshevsky）（一八二八年生，一八八九年死），他的名字是和《现代》杂志分不开的。《现代》在放奴运动时代的威权与国外的赫尔岑主办的《钟》是不相上下的。

周尼雪夫斯基生于俄国东南部，一八四六年，进圣彼得堡大学的哲学部。他最初做哲学与文艺批评的论文，做了三部很重要的书，《艺术与现实在美学上的关系》《歌郭里时代的杂记》《莱辛（Lessing）与他的时代》。但他的主要工作乃在一八五八年至一八六二年那四年间在《现代》上做专论政治与经济的文字。他又译了米尔（Mill）的《经济学》，且以社会主义者的见解为它作注。一八六三年，周尼雪夫斯基被政府所捕，他在监狱中，做了一部极著名的小说:《怎样办呢？》。在艺术方面，这部小说未免有些缺点，但他给于当时青年的影响却极为重大。他在《怎样办呢？》里，指示出未来社会的组织方法。弗娖（Vera）洛甫霍夫（Lopukhov）私订婚约，背父母逃去。不久，他们的爱情冷淡了。弗娖又倾心于洛甫霍夫的朋友克莎诺夫（Kirsanov）。洛甫霍夫因假装自杀，离家到新大陆去。弗娖与克莎诺夫遂结了婚。过了几年，洛甫霍夫在美国又娶了一个夫人，和她一同回国。他与弗娖及克莎诺夫仍维持朋友的关系，共度他们的理想生活。周尼雪夫斯基在这部小说里把伪道德及家庭罪恶，一切打得粉碎，而另谋解决的方法，并显示出真正的“虚无主义者”是什么样子。无论是托尔斯泰或屠格涅夫的小说永没有像这部小说那样的被青年的热忱的欢迎的，它成了少年俄国的标语，它的思想到处宣传着。

一八六四年，周尼雪夫斯基被流放到西比利亚作苦工。一八八三年被释归来。但他的身体已经毁坏了。他还努力在译韦勃（Weber）的《世界史》，共译成了十二册。一八八九年，病死。

讽刺作家莎尔条加夫

因为俄国出版检查之严，讽刺文成了一种很好的流通政治思想的沟渠。如果我们要追溯十八世纪的讽刺文学，似乎太琐屑，现在，只举了一个近代讽刺作家的代表，莎尔条加夫（Saltykov）

(一八二六年生，一八八九年死)。

莎尔条加夫常以他的假名谢特林(Schedrin)做文字。他的影响在俄国是很大的，不仅及到有新的思想者，而且及到一般的读者。他是俄国的最通俗的作家之一。他开始他的文学事业很早。一八四八年，他写了一部小说《复杂的事》(*A Complicaled Affair*)，叙一个穷苦的小官吏的梦想里，带有社会主义的倾向。那时二月革命正爆发不久，俄国的政府正在注意扑灭自由的萌芽。莎尔条加夫因此遂被流放到东俄的一个小镇里，他在那里做了官吏，七年之后，他和一切官吏都已十分熟悉。一八五七年，俄国的政治稍见光明，他复回俄都，以他这许多年的经验，做了一部著名的作品，《吏治杂记》。这些杂记所给与读者的印象很深，全俄国都谈论着它。莎尔条加夫的天才在此完全的显露出来：它的体裁在俄国文学上开了一个新时代，模拟者纷纷而起。

Saltykov(1826—1889)

一八六八年，他离了官职，去做一个月刊的主笔。在《现代》杂志停版以后，这个月刊是急进的民治思想的代表。一八八四年，这个月刊停版，莎尔条加夫的身体也一天一天的坏下去。一八八九年，遂病死。

除了《吏治杂记》以外，莎尔条加夫还有许多著作。《无辜的故事》（*Innocent Tales*）叙奴制的许多最悲惨的事实。奴制解放以后，农民又苦于租税，莎尔条加夫对此写了不少讽刺的作品。《一个城市的历史》《圣彼得堡的日记》等等，都是归于这一类的。最后，在八十年代的初叶，亚历山大三世的压迫如重厚的黑云弥漫于清空的碧天，莎尔条加夫的讽刺，遂变为失望的哀呼。他的《给我姨母的信》是这时最好的代表作品。

第十一章

文艺评论

文艺评论的地位

文艺评论是俄国运输政治思想的一条河流，在上章里已经提过。文艺评论在俄国的地位的重要是无论何国都不能与之并肩的。每一种月刊，或其他报章，他的真灵魂就是艺术批评家。他的文字比同册里所刊的名家小说重要得多。一个领袖杂志社中的批评家，就是一大部分青年的知识的领袖。现在在下面举出几个重要的批评家，他们对于当时的青年运动和知识生活都曾有过极大乃至极深极广的影响的。

倍林斯基以前

在十九世纪的二十年代，俄国的文艺批评才开幕，他们对于西欧的一切旧说陈义，毫不模仿。当时伪古典主义已被打破，普希金的《路丝兰与陆美娍》方才出现，于是诗人范尼委丁诺夫（Venevitinov）（一八〇五年生，一八二七年死），及那台兹定（Nadezhdin）（一八〇四年生，一八五六年死），柏烈怀

（Polelvoy）（一七九六年生，一八四六年死），便乘机出而建设新的文艺评论的基础。他们主张，文艺评论不仅须分析一个艺术品的美学的价值，且须超乎一切，分析它的主要思想——它的“哲学的”——它的社会意义。范尼委丁诺夫他自己的诗，印着很高深的哲思，他勇敢的攻击俄国浪漫作家的缺乏高尚思想，他说：“无论何国的真诗人，必为到达文化的极巅的哲学家。”

那台兹定跟了范尼委丁诺夫同路走去，他勇敢的攻击普希金没有高尚的灵感，只能产生以“酒与妇人”为唯一动机的一种诗歌。柏烈怀也责备普希金与歌郭里的作品没有超绝的思想，不能引人趋向于高尚的思路与动作，决不能与莎士比亚，歌德诸人的不朽的创作相并立。然这两位攻击普希金与歌郭里的批评家，这样注全神去责备这些创始的国民文学家，却忘了他们曾引进了写实主义与其他赐品给俄国文学的伟大功绩。到了倍林斯基起来后，才补全他们的主张，指示出批评的真正标准。

倍林斯基

倍林斯基（Belinsky）（一八一一年生，一八四八年死）不仅是一个文艺批评家，而且是俄国的青年的导师，当时一切社会问题，政治问题的教训者。

他的父亲是一个穷苦的军医，他期望他儿子很切，所以努力把倍林斯基送到圣彼得堡大学肄业。一八三二年，倍林斯基因为仿效西劳（Schiller）的《盗》的风格，做了一篇悲剧，激烈的攻击奴隶制度，竟被大学当事者斥退。他立刻便加入赫尔岑诸人的团体中。

自从一八三一年，他即开始执笔作许多短的文学评论，但他言论之引起社会注意，却在一八三四年发表的一篇批评文学的文字时。从那时起，直到他的死，他的全副精神都注射在为各杂志做批评论文及传记。他的过度的工作使他在三十八岁时便患肺病死了，但他

Belinsky（1811—1848）

的死并不嫌过早。那时西欧的革命已经爆发，俄国政府息息监视着倍林斯基。当他在死榻上时，警察还不时的来惊扰他。如果他那时不死，他的运命也是非受监囚即被放逐。

倍林斯基的见解，变迁得很利害。当他初次动笔做批评文字时，他所受的是德国理想派哲学的影响。他主张艺术是高尚纯洁的东西，不能用来讨论当时的问题的。艺术所论的是全宇宙的大问题，决不是论什么穷苦人与他们的琐事的。这时所抱的是唯美的观念。他有许多篇论普希金的文字，都是抱这种见解。

到了后来，他又受了赫尔岑的影响，思想为之大变。他冲出德国玄学的迷雾，开始他的新活动。歌郭里最好的写实主义的作品恰巧在这时出现。倍林斯基因此更得了一个新的印象，他便主张：真的诗就是现实。同时，他又受了法国那时政治运动的影响，于政治观念上也印上了急进派的气象。

他的文字蕴蓄着美与热情，读者都深深的受他的感动。他以他的同情，他的诚恳的精神，与一切不忠实的、骄傲的、奴隶主义的文学作品与政治思想宣战，一方面成了最有影响的文艺批评家，一方面成了一个最好的政论作家。以后俄国的为人生的艺术的思潮的磅礴，他可以说是一个最有力的鼓动者。

他最后做一篇《一八四七年文学批评》更显得美丽而且深切。可惜他的生命太短了，不能更有所述作。

与倍林斯基同时的文艺批评者还有不少，现在只举较为重要者数人，述之如下：

梅加夫

梅加夫（Valerian Maykov）（一八二三年生，一八四七年死）的批评主张与倍林斯基是在一条线上的。他的批评天才很伟大，不幸死得太早了，不能继倍林斯基的事业。其真能发挥光大倍林斯基未竟之工作者乃是周尼雪夫斯基与杜薄洛留薄夫二人。

周尼雪夫斯基

周尼雪夫斯基（Tchernyshevsky）的艺术主要观念，就是说：艺术自己不是目的；人生是超于艺术的；艺术的目的就在解释人生，批评人生，对于人生表白一种意见。他把他的这些意见在他著名的《艺术与现实在美学上的关系》一书里讨论得很痛切。他辟开一切流行的美学原理，而确定下他的写实主义的“美”的定义。他说，“美”所引起的感觉是一种快乐的感情，如同我们在一个亲爱者之前所引起的一样。所以“美”的里面，必含有与我们很亲切的东西，而这种亲切的东西就是人生。他的结论就是：艺术的美决不是超于人生的美的，不过是艺术家从人生美中借来的一种美的概念而已。所以艺术的目的，与科学是一样的——虽然它的活动的工具不同。艺术的真实目的就是要我们记起人生中有趣味的事，教导我们人是怎样生活着，及他们应该怎样生活着。周尼雪夫斯基的这种见解，到了杜薄洛留薄夫，讨论得更为完密。

杜薄洛留薄夫

杜薄洛留薄夫（Dobrolubov）（一八三六年生，一八六一年死）的父亲是一个牧师，他的最初教育是在教会学校里受的。一八五三年，他进了圣彼得堡的师范学校。第二年，他的父母相继而死，他不得不负养育弟妹的责任。因此他遂于校课之外，兼做教书与翻译的工作。这种三重的过度苦作，使他的康健很早的就衰颓下去。一八五

Dobrolubov（1836—1861）

五年时，他认识了周尼雪夫斯基。一八五七年，他从学校里毕业出来，即在《现代》杂志社里做批评的工作。这时，他仍是十分热忱的做事。四年以后，即在一八六一年的十一月，他竟因工作过度而死，年仅二十五岁。他的批评论文共有四册，其中如《黑暗之国》

《一线之光》《何谓阿蒲洛摩夫气质？》《真正的日子什么时候才来？》等篇，尤给当时青年以深刻的影响与灵感。

杜薄洛留薄夫的伟大，不在他的批评主张，而在于他的纯洁坚定的伟大的人格。他是屠格涅夫在五十年代之末所见的“现实的理想主义者”的新人的最好的代表。所有他的文字，都使人感到一种道德的观念，他的人格强烈的与读者的心接触着。他批评一切的事物都先问“他们对于劳动阶级有什么用处呢？”或是“他们将怎样帮助造成那种目光注着这条路上的人呢？”他对于职业的美学很看不起，但对于一切伟大的艺术作品却很喜欢。他并不责备普希金与歌郭里；他并不劝人以预定的目的去做诗或小说；他知道作者如果不澈底知道他所描写的人生，如果他的目的不是从最深挚的理想中出来，他的作品一定是不会好的。所以他对于一件艺术作品，只问它是不是正确的反映着人生。如果不是，他便不去讨论它；如果是真正的表现出人生，那末，他便做文字讨论这种人生。而他的论文，乃是关于道德、政治或经济的、艺术的作品不过供给一种事实做他讨论的材料罢了。

皮莎里夫

皮莎里夫（Pisarev）（一八四一年生，一八六八年死）是继杜薄洛留薄夫而起的一个批评家。他的境遇与杜薄洛留薄夫却完全不同。他生在富家里，他不知穷苦为何物。但他不久便觉悟这种生活的不对。当他在圣彼得堡大学时，不去住在他叔父的壮丽的屋里，却去和穷苦的同学或许多人偕住：在他们的喧哗的讨论与歌声中写他的文章。他也和杜薄洛留薄夫一样，非常刻苦用工。一八六三年时，反动方开始。他允许他同伴在秘密印刷所里，把他一篇论反动政治的小册子印刷出来。他因此被政府捕去，监禁了四年。在狱中，他做了许多著名的文章。出狱时，他的康健已经毁坏了。一八六八年

Pisarev（1841—1868）

夏天，因在海边沐浴，溺死在海里。

皮莎里夫对于俄国青年的影响，并不下于倍林斯基、周尼雪夫斯基及杜薄洛留薄夫诸人。他的批评主张可以略述于下。他的理想是“有思想的写实主义者”——即屠格涅夫所写的巴札洛甫一类人。他赞成巴札洛甫的艺术的意见，同时又主张俄国的艺术，至少要达到歌德、海涅诸人所达到的程度。如果常常谈到艺术的人，却不能产生什么达到艺术的作品，那末，他们还不如用他们的力量去从事别的能达到的地方去罢。对于伦理的观念他完全和虚无主义者巴札洛甫一致，除了他自己的理性以外决不屈伏于其他一切威权之前。他想目前最重要的事，就在造成那澈底的受科学教育的写实主义者，他是能够打破一切古代的习俗与错误，而以一个写实主义者坚固的常识来观察人生，来著作的。皮莎里夫自己对于自然科学也有些供献，在他的《动植物世界的进步》一书里把达尔文主义阐发得很详尽。

其 他

美海洛夫斯基（Mihailovsky）（一八四二年生，一九〇四年死）是七十年代的领袖批评家。他是以哲学的思想，来做文学批评的标准的。这个时候，英国斯宾赛（Spencer）的思想，在俄国发生很大的影响，美海洛夫斯基从人种学的立足点上，把他的学说分析一下，显出他的弱点，做了一部《进步的原理》，这部书在西欧是很著名的。他的重要论文，如《个人主义英雄与群众》《快乐论》也有同样的价值。在他的《托尔斯泰的左手与右手》的几节里，我们也很容易看出他的主张来。但他的文学批评在当时的影响，却远不如倍林斯基。

此外还有几个批评家，应在此举出他们的名字。

斯卡皮柴夫斯基（Skabitchevsky）（一八三八年生）曾做了一部很优美很有用的近代俄国文学史。文格洛夫（Vengurov）也曾做了关于俄国近代文学的几部著作。阿森尼夫（Arseniev）（一八三七年生）曾做了一部《批评的研究》（一八八八年出版），其中讲到不大著名的诗人及新进作家的地方是很有趣味的。历史小说

Grigoriv（1822—1864）

家柏烈怀（P. Polevoy）（一八三九年生，一九〇三年死）曾做了一部通俗而很有价值的《俄国文学史》。格里各里夫（A. Grigoriv）（一八二二年生，一八六四年死），是斯拉夫派中的著名而有天才的批评家，他主张“唯美”的艺术观，反对艺术的应用主义，但没有大成功。

特鲁士宁（Druzhinin）（一八二四年生，一八六四年死）及阿加南夫（P. V. Annenkov）（一八一二年生，一八八七年死）二人的批评著作也很有价值，但此地不能详述。

托尔斯泰的《艺术论》是俄国为人生的艺术观的集大成的著作。他以宗教为艺术的骨子，以宣传他的教旨，为艺术的目的。这似乎已与倍林斯基他们的言论有些不同。因为他的艺术观，我们知道的很多，且他主要的《艺术论》已有中文的译本，故这里不多说什么。

第十二章

柴霍甫与安特列夫

自屠格涅夫、托尔斯泰、龚察洛夫及杜思托益夫斯基以后，俄国继续的产生了不少的小说家与戏剧家，而其中以高尔基、柴霍甫（Tchekhov）及安特列夫（Andreev）为最伟大。高尔基在本书第九章里已经叙述过，本章只说柴霍甫及安特列夫二人。他们二人都是笼罩在近代的人生的灰色雾中的。

柴霍甫

柴霍甫（A. P. Tchekhov）（一八六〇年生，一九〇四年死）是一个戏剧家，一个短篇小说家。他的戏曲，在俄国可算是阿史特洛夫斯基以后的最伟大的；他的短篇小说，尤为感动人，几乎没有一国不曾有译本，人称他为俄国的莫泊桑（Guy de Maupossant）。

柴霍甫生于一八六〇年，他的生地是南俄。他的父亲原是一个奴隶，后来自赎出来。他自己没有受什么教育，但他对于柴霍甫的教育却非常关心：起初送他到本地的一个学校，后来送他到莫斯科大学。柴霍甫在大学所研究的是医学。为什么要选读这一科的原因，他后来已经不记得，但医学对于他却未尝无帮助。在他许多著作里，医生大概都占有一个地位。他的对于人生的观察，也几乎和医生之观察病人一样，细密而且详尽。他后来并不做医生，但他在莫斯科附近一个小镇的医院里做了一年事，以及后来与此相类的生活，竟使他与广漠的人海有了很亲近的接触，无论男子妇人，无论那一种的人，无论那一种性格的人，他都很注意的观察过。这是与他后来的文学工作有很大的帮助的。

Tchekhov（1860—1904）

柴霍甫的文学工作，开始得很早。在一八七九年时，他刚进大学第一年，即已用一个假名执笔为几个周刊作短篇的滑稽小说。他的天才发展得极快。他的第一短篇小说集付印时，即已得许多人的赞许，因此鼓励起这个少年小说家更努力的工作的兴趣。他所叙述的人生问题几乎一年年的更为深刻，更为复杂；他的风格，他的文字，也渐渐的达到艺术的完整之境。柴霍甫死得很早，死时仅有四十四岁，而他的天才则已完全成熟。他的最后所作的戏曲，尤充满了诗的美。如果他不早死，他的创作，又是要开一新页的。

柴霍甫叙写人类天性在我们现代文明里的失败，尤其是叙写知识阶级在日常生活面前的失败与破产，其所得之成绩，几乎没有一个人能够超过。这种知识阶级的失败，他用异常的力量与深刻的描写表现出来。他的天才的特质即在于此。

我们如果以纪年的方法来读柴霍甫的短篇小说，便可以看出他思想与人生观的变异之痕迹。最初，我们看他初期的作品，它们都是充满了活泼的与青年的滑稽的。这些小说，都是极短的，有的仅有三四页。而它们却都能使读者发笑到腰酸，后来，渐渐的，在同样的笑颜之中，却无心的加入悲郁的病魔，我们可以读出作者的心的悲泣来。再后来，渐渐的，这种悲观的情调.更常更常的表现出来，更常更常的为人所注意：它已不是偶然的无心的黏附在里面，而竟成了一种血液，几乎每篇小说，每篇戏曲都流注到，而为他们的惟一的生命了。

柴霍甫所写的英雄并不是没有听到高尚言语，感觉到高尚理想的人，乃是听到过这种话，而且他们的心房，也曾为这些话的语声所激动过的。但平常的每日生活吸去一切这种灵感，它们只剩了在无希望的卑鄙中的一线偶然的生存。这种卑鄙，在柴霍甫笔下所表现的，最初是失了自信力，后来渐渐的失了一切光明的希望与幻想，然后，一步步的，毁断了人生的每条丝弦，一切希望，一切心，一切力。

讲到柴霍甫的文字，托尔斯泰曾有一句很深刻的话，他说，柴霍甫是那些最少数的作家之一，他们的小说是使人愿意再读几次的。这是实在的。柴霍甫的任一篇小说，任一篇戏曲，都使读者生出不易拭灭的印象。我们重读的时候，且更生出一种新的愉快。他实是一个极伟大的艺术家。一切人出现于他小说中的，虽然是范围十分的广大，类别十分的复杂，而个个人却都是真实的，个个人的心理且分析到微妙而无可赞一辞。且他的个性与特性，在每篇小说都印下极深的痕迹，使读者一看，即知作者是谁。

柴霍甫和高尔基一样，不长于做长篇小说。他永不曾做过什么长的小说。他的著作范围是戏曲与短篇小说。他所叙述不是人的一生、不是从生写到入墓地，而是从生活里取出一个短时间，取出一小幕的人生的戏来写。而在此极短的时间，极短的一小幕戏里，却表现出极复杂的心理的剧情—— 一个相互关系的世界来。

柴霍甫曾写了几篇描写农民的小说，但农民与乡间生活并不是他最适宜的描写对象。他的真确地域乃在“知识阶级”的世界。他知道他们的一切事情。这些知识阶级，很清楚的看出俄国生活的黑暗方面，但却没有力量加入少年之群里去反抗专制与压迫。他们意志的薄弱与能力的不充足，在在都足以看出。即柴霍甫自己，恐亦染有此病——这实是时代病，柴霍甫时代的知识阶级的病症。柴霍甫之作品不过是这些时代病的反映而已。但虽然如此，柴霍甫却并不是一个真正的悲观主义者。他的笑诚然是含泪的微笑，而他同时却相信着将来的光明，将来的更好的日子。在他的戏剧，《依文诺夫》《万尼亚舅夫》及《樱桃园》里曾完全表现出他的这种热忱的想望。古旧的樱桃树，被铁斧丁丁的斫伐着，旧的人凄惨而至于悲泣，而新的人却喜悦着。他们相信着新的园林、新的环境、新的希望与新的幸福。

他还有许多剧本，如《海鸥三姊妹》等，都是很伟大的作品，无论在舞台上表演出来，或拿在手里读，都是能同样的感动人的。

柴霍甫的影响，不仅在俄国，且在全世界。他使短篇小说重要，他是文学形式的一个改革者。在俄国已有一大群模仿他的人，但是他们有和他同样的丰富的诗意，同样的可爱的描述，同样的在泪中微笑的美么？——这些特质是与柴霍甫的人格不能分离的。

无论在那里，他的作品的读者总是非常多。在英国，他的短篇小说和戏剧，差不多都已陆续译出，在德国，在意大利，热烈欢迎他的人尤多。

安特列夫

安特列夫（Leonid Andreev）（一八七一年生，一九一九年死）

少时极为贫苦。在大学读书的时候，衣食常常不足。大学毕业后，专心于绘画，想做一个著名的画师，但结果却是失败。后来又改做律师，也以性质之不相宜，不能有什么成功。直到一八九七年的时候，他才舍弃别的企图，开始写他的文学作品。他的第一篇制作，名《白拉格摩与格兰斯加》(*Bragamot and Garaska*)，发表后，立刻得高尔基热烈的称许。这时的高尔基正是最受一般人崇拜的时候，所以他的这个称许，却给安特列夫以极大的帮忙，使他的名字立即播于广大的读者社会里。自此以后，安特列夫才从灰色的水里走到光明的岸上来。过了不久，他又做了第二篇小说，在《生命》杂志上发表。当时的著名批评家美列兹加夫斯基立刻跑到这个杂志的编辑者处，问这篇东西到底是柴霍甫或是高尔基做的。

Andreev (1871—1919)

安特列夫自己说，他是很受托尔斯泰的影响的。对于尼采(Nietzsche)的著作，他也很热心，尼采的《柴拉曹斯特拉如此说》，他曾把它译为俄文。他对于阿伦·坡(Allan Poe)也很注意。而为他最大的教师的乃是《圣经》。

他的名字，很快的便喧传于国际间。自一九〇五年革命失败后，为俄国少年文坛的中心的，已不是革命作家高尔基，而是这新起的带着灰色的失望之心的安特列夫。同时，他的灰色的作品也热烈的为英国、德国、法国等读者社会所欢迎。

安特列夫所写的一个英雄，曾在一个地方说道：“我经过许多城市，许多土地，没有地方曾看见过一个自由人。我所见的只是奴隶。我曾见过他们住的笼子，曾见过他们生在上面，死在上面的床；曾看见他们的憎与爱，他们的罪恶与善行……而我所见的，总之都是盖着愚呆与疯狂的印子的……在一片美丽之地的花群中，耸立着一所疯人院。”

这些话可以当做安特列夫许多著作的标语。安特列夫质问着我们人生的根本问题，而所得到的，或所看到的答案，总隐隐的写着“疯狂与恐怖”几个字。人的生活，人的思想，人的动作，那一件是有价值的？安特列夫寻问的结果，使他自己凄然的低泣了。高尔基的强烈的生的呼声已不见，柴霍甫的含泪的微笑也泯迹了，所存的只是无望的低泣声。虽然于失望的低泣的灰烬中，未尝没有一星的希望的火焰，然而这种微弱的火星，是决不能蔓延而成熊熊的火炬的。

安特列夫自己说：“几千的生命现在我们灵魂里……每个生命说它自己的话。”实在的，我们看着他的作品，正如听着每个生命在诉说。

他的《红笑》《大时代中小人物的忏悔》及《比利时的悲哀》都是叙写战争的罪恶的。他经过日俄战争，经过一九一四年至一九一七年的欧洲大战，他的灵魂里便现着几千万战场的壮者，居家的妇女，与战争时代的一般受害的人，他们各在他的作品里向人类诉说着。

战争是最可怕最痛苦的人类行动。几千万的壮年，离了和平美丽的家庭，被迫去战争，去杀和他同样的人。他们肉体上的苦，如受饿、中伤及死亡，还是次一等的痛苦；最可怕的却是他们精神上的悲苦。许多人因此自杀，许多人因此发疯。我们只要一读《红笑》，它的主人翁所受的何等悲惨的痛苦呀！

在家庭的妇孺与其他的人，所受的战争的苦，也不下于在战场上的人——也许比在战场上的人还甚些。他们的流离迁徙，他们的思念征人，他们的恐怖幻想，一切心灵上的苦楚，都比之肉体上受苦者难忍受至几倍以上。我们看《大时代中小人物的忏悔》（小说）和《比利时的悲哀》（戏曲），看他们所诉说的是怎样的苦呀！

他的《到星中》和《人的一生》两篇剧本，都是叩问人生的意义的，而叩问的结果却是失望与悲哀。《到星中》对于人生的意义，根本否认。就宇宙中讲，每一秒中有一星球要毁灭，人生又算得什么呢？《人的一生》对于人生的意义，根本悲观。人生是一支蜡烛，生时蜡烛便亮着，膏油用尽后，蜡烛便熄灭了。从无物到无物的一条过路，中间经过一个光亮的舞台罢了，恋爱是空幻的，事业是空幻的，人生又有什么意义呢？《蓝沙勒司》一篇是叙述人对于“死”的恐怖，《七个绞死者》一篇是叙述各个生命对于在“死”之面前的态度。他们各诉说出他们的思想和对于人生的情感。

《海洋》（小说）、《爱那西姆》（剧本）及其最后的著作《魔鬼的日记》，则都是叩问人类本性的善恶的。

其他如《墙》，如《思想》，如《黑面具》，如《深渊》，如《雾中》之类，也都是近代人的忧闷与生活的。

他的作品如一面无限大的具有魔力的镜，把一切人类——不仅是俄国人——的心底的纠纷与烦闷，和他们的生活的暗澹与苦痛都清晰的反映出来；又如一具无限大的留声机，什么人的诉说，它都能明白正确的复述出来，即他们的声音和语调，也丝毫没有变异。他的描写的艺术诚然是惊人的伟大和精妙。

他虽然自己说是受托尔斯泰诸人的影响，而他的思想和著作的情调却完全是新的，是创造的。他的后来的许多作品大概都是象征主义的产儿，而同时却没有失了俄国的写实主义的精神。他的“心理解剖”极为精密，而又是新的，创造的，不蹈人杜思托益夫斯基的范围的。

他的悲观和失望，使他的作品带了极浓厚的灰色，同时却又蕴蓄着博大的人道精神。

他是从惨酷的人生悲剧里见到人道之光的，是从反对消极一方面写出人道之声的，所以见得最为真切，写得最为沉痛，且能感人深远。

第十三章

迦尔洵与其他

近代的俄国文学，可算是已达絢烂光华之巅，作家之众多，与他们成绩之伟大，差不多没有那一国可以与之比肩的。高尔基、柴霍甫与安特列夫在上面已经提起，现在且略举二十几个与他们同时代的最重要的作家，在下面作一简括的叙述。如果要详细的讲他们，恐怕即以本书全部的篇幅也不能容载得下。

迦尔洵

迦尔洵（V. L. Garshin）（一八五五年生，一八八八年死）的生地在俄国的南部。少的时候即有狂疾。他的文学著作是因战争而始着笔的。当一八七六年的时候，俄国和土耳其开战，他天天看见报纸上载着死伤的人数，心里非常悲悼，便投身到军队里去，想分受他们的痛苦。他的《懦夫》一篇即描写他当时的心理的。他在战场中伤了腿部，因此回家。他的神经益失常度。他的《四天》即他这时回想炮火中的恐怖而写的。这是一篇极伟大的非战的小说，安特列夫的著名的《红笑》，显然是受他的感化而作的。他的《目兵伊文诺夫日记》也是描写战争的可怕的。一八七八年，他因为有一个友人

Garshin（1855—1888）

受死刑，自己不能营救，狂病因之大发，住在狂人院中很久。一八八七年，他乘着护人的不备，从楼上跳下，受了重伤，第二年，死在医院，年仅三十三岁。《红花》是他最后的著作，描写狂人心理极真切，可以供心理学家的研究，文字上也具有惊恐的美。他的作品不多，只有二十多篇短篇小说，但他的伟大却并不在作品的多少。

科洛林科

科洛林科（Korolenko）（一八五三年生，一九二〇年死）的生年略前于迦尔洵，他的生地在西俄。一八七二年，他在莫斯科的农业学校里读书，因为参预学生运动，被学校斥退。后来，他又以“政治犯”被捕，被流放于西比利亚。至一八八六年，他才被赦回来。西比利亚使他的文学天才孕蓄至于成熟。他的《马加尔的梦》

发表后，立刻引起许多人的称许，立刻被承认为屠格涅夫的一个真的后继者。他的这篇文章，在描写上，在结构上，在在都表现出完善的艺术的美来。此后，继续发表的《林语》《恶伴侣》《森林》《盲乐师》也都是伟大而且精美的作品。

Korolenko（1853—1920）

波塔宾加

波塔宾加（Potapenko）（一八五六年生）是科洛林科的同乡。科洛林科的作品很少，波塔宾加则是一个文艺圈里的多产者。他最初入一个宗教大学，想做一个教士，后又改进普通大学。最后，又厌弃大学的教育，而进一个音乐学校。他所作的文学，都带些滑稽的语调。当时的人曾称许他，以为他必能嗣歌郭里之风，复振小俄的诙谐而带悲感的文学，但他因天才所资，终不能副他们的愿望。他的《神圣的艺术》《将军之女》《君的书记》及《实际的职务》等数篇，在他的许多作品里算是最好的。

波波里金

波波里金（Boborykin）（一八三六年生，一九二一年死）是描写三十年来的俄国知识阶级生活的小说家。他的艺术常是精粹的，他的观察常是正确的。他的小说常可以当做某时代的俄国知识阶级的思潮的真切而好的图画。在俄国思想史上，他们是极有价值的。

他的作品最著的有《经纪人》《山顶》等。

Boborykin（1836—1921）

奥特尔

奥特尔（Oertel）（一八五五年生，一九〇八年死）生在俄国草原的边境，后来进了圣彼得堡大学。因为参预于学生运动，被学校斥退。他动手做文学作品时，所做的是短篇杂记，后来集为两册，名《一个草原人的杂记》，体裁与屠格涅夫的《猎人日记》相同。他的小说《两对》（*Two Couples*），描写两对恋爱者的事，显然受有托尔斯泰的影响。他的最重要的著作是《变动的护卫》（*Changing*

Guard）。

美列兹加夫斯基

美列兹加夫斯基（Dmitriy Merezhkovsky）（一八六六年生）是一个多方面的作家，他是诗人、小说家、批评家。我们离开他的诗不说，只看他的小说及批评论文，便知美列兹加夫斯基对于俄国前代作家和批评家所执持的为社会的更高理想，为人类的更好生活而著作的主张，已渐渐的生了疑问，最后，且至明白的攻击他们了。美列兹加夫斯基是拥护个人的权利的，是信奉尼采之说的。同时，他对于"美"，对于"美的崇拜"且益益的热心起来。

美列兹加夫斯基的主要著作，说起来很有趣味。他开始做了一部三连的小说，想表现古代异教思想与基督教思想的冲突：一方面是希腊的爱恋与诗的宇宙观，肉的康健的生活的崇拜；一方面是崇灵屈肉的基督教义，反对诗与艺术与快乐与自然与康健的生活。这

Merezhkovsky (1866)

三连小说的第一部名《背教者求连》(*Julin the Apostate*)，第二部名《文西》(*Leonardo de vinci*)，他们都是仔细研究古代希腊与文艺复兴的生活的结果，虽然未免有些缺乏真挚之情的地方，而美的真切的地方却极多，而他的根本思想尤足以使读者生深刻的印象。

美列兹加夫斯基的古代“自然主义”的赞美，可惜不能坚持到底。当他的三连小说的第三部，《彼得与阿里克赛斯》还未下手写时，近代的象征主义与神秘主义已开始侵袭到他作品的内部了。

美列兹加夫斯基的批评论文，好的极多，尤其著名的是《托尔斯泰与杜思托益夫斯基》一书。

系比丝

系比丝(Zinaida Nicolayevna Hippius)(一八六七年生)是美列兹加夫斯基的夫人，也是他有力的助手。系比丝是她未嫁时的名字。九十年代时，她才开始做文学著作。她的作品，重要的有《绿圈》(剧本)、《新人民》(小说)及《恶魔的傀儡》等。

Hippius (1867)

系比丝与巴尔芒（Balmont）相同，都是新起的颓废派作家。她爱美，爱一切忧悒的空幻的事物，她说，“我是我的奇异而神秘的词句的奴隶”。

一九〇三年，她主持文学哲学的月刊《新路》，介绍法国英国的唯美派文学，宣传西欧的文艺思想，在当时很有影响。惜这个杂志寿命不长，第二年便夭亡了。

巴尔芒

巴尔芒（K. D. Balmont）（一八六七年生）初入文坛的时候，也是一个近代的颓废派。到了后来，他的作风又渐渐的改了，成为俄国近代的最伟大的诗人，抒情诗之王。他的诗集有四册，《让我们像太阳》《火烧着的房屋》《在北方天空之下》及《只有爱》。他也曾作

Balmont（1867）

短篇及小说儿歌；又通各国语言，曾译雪莱（Shelley）全集及惠特曼《草叶集》之大部分，易卜生的几种剧本，以及印度的传说，波兰诗人斯洛圭奇的诗等。他也曾做政治诗，但做得不大好；一九〇五年的革命失败后，他便出国，住在巴黎等处。

梭洛古勃

梭洛古勃（F. Sologub）（一八六三年生）是一个诗人，又是一个小说家。他是崇拜“美”的，而他的伟大，却在一切同时同派的作家以上。他是一个梦想者，而他的梦却较真际生活为更坏。他是一

Sologub（1863）

个悲观主义者，而他的悲观较一切人为更澈底。他幻想，他幻想“无生”之乐。同时，他诅咒生，甚且诅咒及做着更好的生的梦者。对于一切事，他愤慨，他叹息，而他的愤慨与叹息是绝望的。

他的重要作品很多，以《小鬼》《创造的故事》《比毒药更甜美》等为最著。他的短篇小说和抒情诗也是极秀美而带着隐微的悲哀的。

卜留沙夫

卜留沙夫（V. Bryusov）（一八七三年生）是诗人，小说家与批评家。在十九年代时，他以极端的颓废派的诗著名，不久，他的热情冷了，他的作风又一变。他从一个热烈的颓废者变成一个无热情的观察者，他变成石了。大概他的后期的作品都是把近代人的感情捉进古典的纯洁与古典的完美的文句中的。他是第一个人，把近代城市的生活用诗的叙述写在纸上。他的诗集共有七册。

Bryusov（1873）

科布林

科布林（Kuprin）（一八七〇年生），他是在许多近代的作家中，对于人生最肯定的一个人。他满蓄着希望，满蓄着乐观。他最初在陆军里服役，退职后，专致力于文学，以短篇小说作家著名。

他的短篇小说，最著的有《马盗》《泥沼》《生命之河》《贺筵》《皇帝之公园》等。《贺筵》与《皇帝之公园》都是空想的作品，《马盗》则带强烈的写实色彩，《生命之河》与《泥沼》则于写实主义里含着新理想主义。

Kuprin（1870）

他也曾做一部长篇小说，名《决斗》，是在一九〇四年日俄战争时作的，叙一个在前敌的军官的生活，极为活泼动人。

他是相信将来的，相信“乌托邦”之能实现的。他赞美人生，祝福人生。在《贺筵》里，他曾幻想人类在二九〇六年时，开一个盛大的宴会，有一个起立说道：“我们祝此永久少壮，圆满，美好的人生，祝这世上独一的‘神的人类’！赞美人生的一切欢乐！”这些话，正是他所要向读者说的。

蒲　宁

蒲宁（I. Bunin）（一八七〇年生）的家庭是衰落的古贵族。他擅长于短篇小说，诗及杂记。他的诗多描写自然景物，他的小说多描写旧日的繁华与现代的寂寞与悲苦。这是因他环境的关系。他又曾到东方游历过，经埃及、土耳其、小亚细亚各地。他的诗集《太阳之官》即系抒唱他的惓怀古代的情绪的。他也做叙写农民生活的小说，但他的这种小说的情调，和其他作家完全不同。他不是一个受过农民身受之苦的人，也不是一个为农民呼吁的作家，只不过是一个游历者，观察者，他所写的只不过把游历所见的及观察的印象写下来而已。他又是一个著名的英国文学研究者，曾译了不少的拜伦、丁尼孙（Tennyson）及郎佛罗（Longfellow）的诗。

Bunin（1870）

阿志巴绥夫

美列兹加夫斯基反抗弥漫俄国的人道主义与无抵抗主义，而主张个人权利的神圣，同时即有许多人与他作呼应。这种呼应之声，是时代的自然呼声，是那时青年对于革命失望后的一种反响，并不是一二人所造成的。而在许多个人主义的作家中，阿志巴绥夫（M. Artzybashev）（一八七八年生）与路卜洵（Ropshin）二人尤趋于极端。

阿志巴绥夫生于南俄，最初进一个绘画学校，生活极苦，以画漫画和做小说论文为维持。后来到圣彼得堡，因做了几篇小说，得为一个杂志社的编辑之一。至一九〇四年时，他的名誉渐渐高起来。一九四五年革命爆发时，他正在做他的无政府个人主义的革命小说，如《朝影》和《血痕》二篇即其中最好的。因此得祸，被政府捕去，判决死刑，后来，又被他们释放出来。不久，他的主要著作《沙宁》（*Sanin*）出版。这部书是代表当时一部分青年的极端个人主义的趋向，同时并可代表阿志巴绥夫的思想。他所受的影响，非尼采而为史谛纳（Max Stirner）。

路卜洵

路卜洵（V. Ropshin）（一八八〇年生）与阿志巴绥夫同为极端的个人主义者。他的原名是萨文加夫（B. Savinkov）。他的生活是暗杀的生活。他是社会革命党的一个重要党员，著名的恐怖党。最后，又脱离了社会革命党，住在英国很久。他的杀人，几乎如猎人之枪杀野兔。他虽为社会党的暗杀执行者，而他对于社会主义却已根本怀疑。他的小说《灰色马》和《乌有的故事》叙写他这种心理极为详细。他的文学天才很好，他的著作除了内容以外，在艺术上也是极有价值的。

赛格耶夫·泰斯基

赛格耶夫·泰斯基（O. G. Sergeyev-Tzensky）（一八七六年生）的作品，可分为两个时期：第一时期的作品，是对于人生厌恶的，他以为人生是残酷的，是无意味的；第二时期的作品则已于生的黑暗中看出一线光明来，对于将来的希望也在他胸中跃动。他的主要作品有《短篇小说集》、《巴巴耶夫》（*Babayev*）、《田野的悲哀》、《运动》及《不正的海仑那》（*The Oblique Helena*）等。

契利加夫

契利加夫（E. Chirikov）（一八六四年生）的著作以平易古朴动人，他在平淡的事中，含有深的思想，具俄国作家特有的“含泪的微笑”之作风。他的作品最著名的有《学生来了》、《外国人》、《犹太人》、《泰却诺夫的一生》（*Tarchanov's Life*）及在欧洲大战时所作的杂记《战争的反响》等。

莱美沙夫

莱美沙夫（Alexey Remizov）（一八七七年生）是莫斯科商人的儿子。初入文学界时，受了许多次的失败，但他并不因此灰心，直至一九一〇年《教中的姊妹》一篇发表后，才有人渐渐的认识他。他

Remizov（1877）

又做了许多儿童故事。后来集为两册出版。此外尚有《第五次灾祸》及《短篇小说集》等。他的作风，有些像梭洛古勃，对于人生是悲

观的，但他对宗教还有些信仰，这是与梭洛古勃之以“死”为美的思想不同之处。

茅赛尔

茅塞尔（V. V. Mujzhel）（一八八〇年生）生在南俄一个小村里，他的生活是极平淡的生活，而他的作品却于平淡之中带着浓厚的阴郁之气色。他重要的著作有《一个农人的死》《一个农妇的生活》《一年》《在生命的边境》及《罪》等。

犹克威慈

犹克威慈（Semyon Yushkevitch）（一八六八年生）是新写实主义的小说家与戏剧家。他的戏剧，如《饿》与《城中》在俄国剧场上都很著名。他的作品多描写犹太人的生活，《犹太人》一书，使他得很大的声誉。此外还有《伊太亨利纳》《街上》《我们的姊妹》等也都是描写犹太人的生活的。

格奢夫·亚伦勃斯基

格奢夫·亚伦勃斯基（S. I. Gusev-Orenburgsky）（一八六七年生）与犹克威慈同为新写实派的重要作家。他早年做过许多时候的乡间牧师的朋友，所以他所描写的都是乡间牧师的生活。他的主要作品有《短篇小说集》《祖国》《草场之外》及《黑暗》等。

谢志夫

谢志夫（Boris Zaitzev）（一八八一年生）是一个静穆而柔弱的作家，他的作品如一个静默的祷告，如渐渐消失于远处的微声，在一切俄国作家中，他的呼声算是最低微的。他的作品于写实之中常飘荡着抒情的调子。他的成绩有《远地》及《短篇小说集》七册。他又曾译过法国佛罗贝（Flaubert）的几种小说。

佛林斯基

佛林斯基（A. Volensky）（一八六三年生）是一个著名的哲学家与批评家，在九十年代新旧批评家热烈的战争时，他曾立在最强烈的火线上。他反对以文学讨论社会与政治问题，他以为艺术家的目的是在寻求人生的玄学的根柢。他的哲学是纯粹的理想的。他的作品有《为理想主义而战》（论文集）及《杜思托益夫斯基》等。

布洛克

Block（1880—1921）

布洛克（A. Block）（一八八〇年生）是现代俄国的一个重要诗人。他著了许多抒情诗集，也著了许多剧本。他的诗赞美的人极多。有一个批评家说，布洛克的耳，特别敏锐，他能听见绿草的生长，他能听见“安琪儿”在以太空中鼓翼，同时且能听到毒龙在海底翻身。布洛克主要的著作有《美人之歌》（诗集）、《俄罗斯之诗》（诗集）等。俄国一九一七年革命后，他曾作过一首长诗《十二个》，极博得读者的同情。

伊文诺夫

伊文诺夫（V. Ivanov）（一八六六年生）的诗名，较布洛克为前辈。他的学问非常广博，对于历史、神话学、文学以及古代希腊

Ivanov（1866）

及罗马都有澈底的研究。他把这种广漠的知识，倾注到他优美的诗篇里。有人称他为一个“苍老的卫士而带有婴儿的灵魂的”。他对于美列兹加夫斯基非常赞仰。他的抒情诗，自一九〇三年至一九一七年的，已集为一个诗集。

皮 莱

皮莱（Andrey Byely）（一八八〇年生）是诗人，小说家与批评家，近代象征主义的重要的宣传者。他的原名是蒲格耶夫（N.B. Bugayev）。他不仅从理智方面求人生的意义，且进而在热情，快乐及痛苦中搜求，他是想把宇宙的神秘之幕拉开了的。他的诗非常秀丽，即巴尔芒与皮留沙夫亦难有他那样优美的诗的表白。同时，他又是常在热忱的高潮之上的。在大部分的近代俄国作家中，他的个性最重，他所写的，差不多没有人可以模仿。读者也往往不解他的意义，他常劝他们忍耐的把他的书多读过几遍。虽然因此之故，有一部读者不大喜欢他，而在实际上，则即最严刻的作家，也不能不承认他的活跃的天才与特别丰富的情绪。

他的主要作品有《银鸽》（小说）、《彼得堡》（小说）、《象征主义》及《诗集》等。

在以上简略的叙述里，最重要的近代俄国作家，大概都已包括在内。至于一九一七年革命以后新起的作家，则在下章述之。

第十四章

劳农俄国的新作家

“昨天是大欺罔的日子——那是他的威权的最后一天。”俄罗斯劳农革命已经澈底的推翻这个“昨天”。我们在那“大欺罔时代”尚且看见艺术里放些光明——俄国大文学家诚挚隐痛的心灵之巨烛。难怪到了那世界史中斡天旋地的一天——一九一七年十月——“劳动贫民的作家”高尔基要大声疾呼的说出这句隐痛久忍后的快心话来。他接着说道：

> 今天——可怕的日子，是报复那昨天的“欺罔”的日子。
>
> 平民久忍之后的爆发力毁灭了那腐败的生活，而这种生活再也不能恢复他的旧形式了。一切旧东西都已杀尽了么？还没有！那末，明天总是要杀尽的。（高尔基之《昨天和今天》，一九一九年。）

一切旧的都已经过去，样样发露新的气象。文学艺术界亦是如此。固然在那新旧交替青黄不接的时候难免要经受着那“可怕的”日子：自从柴霍甫以后，自从一九〇五年的高尔基以后，俄国文学的纤妙空灵，如象征派等类的作家，固然还有，然而他的“伟大”似乎已经损失了——也许就只科洛林科的“广爱”，足以略比前辈而已。新的文学，在战时战后枉然力竭声嘶的呼号“改革”，其实往往只拘泥于形式方面。虽然，新的精神实在已经隐隐潜伏，乘着咆哮怒涌的社会生活的瀑流而俱进——我们可以看见那时的怪僻的“填补字典的”诗人，那时的极端个性主义的“未来主义”（Futurism）后来竟能助成新写实派的缜密泼活亲切的文体，助成歌颂创造力的社会的超人。

俄国劳农时代的作家之中，足以继那光荣的俄国文学，辟这光荣的俄国时代——且将创造非俄国的，而为世界的新“伟大”的，有如马霞夸夫斯基（Mayakovsky），如谢美诺夫（S. A. Semenov），如劳工派（Proletarian Writers）。

马霞夸夫斯基

马霞夸夫斯基是革命后五年中未来主义的健将，许多诗人之中只有他能完全迎受“革命”。他以革命为生活，呼吸革命，寝馈革命——然而他的作品并不充满着革命的口头禅。他在二十世纪初期已经露头角于俄国诗坛，革命以后，他的作品方才成就他的大才。未来主义创造新的韵格，破毁一切旧时的格律，制作新的字法。能充分的自由运用活的言语——然而这不是马霞夸夫斯基所独有的，如珀斯台尔纳克（Posdernak）于此亦有很大的功绩。这仅是文学之技术的方面。马霞夸夫斯基的才却在于他的神机——他有簇新的人生观。“蔑视物质是不足以自豪的。只因自己没有理智的能力，没有驾御特质的能力，那才故意闭着眼睛从‘心灵’上想出一个‘超人’来，自己骗骗自己。然而‘人’——有几万年的进化，几千年的‘集合创造’，以致于现代的文明——而已决不能纯粹为物质所支配。正唯能知此物质（自然界及社会的现象），方能支配此物质，正唯能集合而生创造力，方能使个性得其相当的充分的发展。”马霞夸夫斯基是超人——是集合主义的超人，而不是尼采式的个性主义的超人。马霞夸夫斯基是唯物派——是积极的唯物派，而不是消极的定命主义的唯物派。他的著作，诗多而散文绝少，最足以表显这种人生观的，如《国际》（又题作《第四国际》，最初见一九二二年九月俄国《真实报》——*Pravda*），如诗集《人》（一九二〇年）。诗集《人》之中有《归天返地》一篇，歌颂自由的“人”俯视一切，嘲笑一切。他的诗才，真足以在俄国革命后的文学史中占一很重要的地位。

谢美诺夫

谢美诺夫在文学界中还是很新进的后辈。他的集合派的写实主义纯粹是十月革命的产儿。近时最有名的杂志如《赤新》（*Krasnaya Novj*）如《我们的时代》（*Ncrshy Dni*）等，常常有这派文学非常之好的作品。谢美诺夫所由而得名的一部小说就是《饿》，描写一九一八至一九一九年俄国的苦况——托名一十八九岁的小女郎所做的日记，写得非常之缜密活泼，文学上也是用极简单明白的俗语，真真读之如闻其声——比之于未来派或劳工派用字之僻奥杜撰大不相同——所以非常之通俗，然而文句宛如口语而又谨饬短峭，充满了“平淡中的真艺术”之神味。（他这部小说已经译成德文。）他同派的人已经很多，其中还一著名的作家，斯德朴诺衣（Stepnoj），曾著一小说《家》，亦有同样的好处。此种集合派的写实主义，不但“写实”而已，不但善于描写群众而已，他们的作品里客观的能表示人类共同劳作的乐生主义，有“艺术即人生人生即艺术”的精神：

> 我们走到街上。天气很晴朗，太阳旺旺的。工人和红军打着旗帜走，唱着《国际歌》。似乎因为他们唱着，天都格外清朗些，太阳也更温暖些。他们的面色这样的愉快强壮。连我父亲都挺起他那干瘪的胸膛。他沿着路旁的行人道走，鼻子里也哼起《国际歌》来了。忽然我觉着，我自己也在唱着呢。好像我们这些人里面，谁也不曾挨饿。

吃完了饭之后（译者注：平时都领很少的面包，饿得不得了。到这一天五一节，他们父女二人方到公共食堂吃饭的），父亲很亲爱的问我道：

"——唔，怎么样——饱了？"

"——啊，爸爸，饱极了。"

他的眼睛微笑看，还尽着哼哼的唱《国际歌》呢。……（《饿》五月一日的日记）

劳工派

"诗人是预言家"，这句老话确实不错的。欧战以前的诗文界里，早已觉着文学的旧形式旧内容不适宜了。那时安德娄·皮莱（Andrey Byely）就说是"文字之穷"（Crisis of word）——文字已不够表显现代生活的内容。实在说起来，不是"文字之穷"，不是诗的内容穷乏，诗的内容本是无穷无尽，取之不竭的，要看得出这是资产阶级文化的穷，必须重新变革他的形式——不但形式——还要变更他的内容，他的重心。譬如形式方面，未来派也曾非常注意，然而他对于内容上的有价值的供献，仍旧很少。再则，向来文学的对象，往往为两性问题及恋爱问题占据大半，何以几百万人，几百万劳工农民的生活意义——"劳动"，竟没有丝毫"诗意"？"明月，回廊；才女，情郎"——滥调的滥调！这是因为与"劳动"接近的人，向来受"文明社会"之经济上政治上文化上思想上生活上的压迫愚弄，所以不期然而然离着文学的创造和享受很远很远。等到革命后，劳工派的文学方得开始发展。皮莱曾经对一劳工派诗人，波列塔叶夫（N. Poletaev）说道：

"你的诗，嘉晴（Kazin）、格腊西莫夫（Gerasimov）、亚历山大洛夫斯基（Alexandrovsky）的诗里，确有些新意义。一切都是新的，韵律格调……"

劳工派的文学尚在幼稚时代——诗多，而散文小说还没有巨大的著作，虽然如此：

我们总是要得胜的：我们这里——
各地的无产阶级。——精力已跃跃欲试：
几世纪来的潜伏力已经沸动，
火焰熠熠的飞涌，像火山似的。（格腊西莫夫）

劳工派的机关杂志是《铁炉》（*Kuznitsa*，译音:《库兹尼错》），他们的发展为时不久。除上述几人外还有萨笃费叶夫（Tlia Sadofiev）、迦斯铁夫（Gastev）等。劳工派诗文的成就，还不能算邃远。譬如他们于形式上，间或采用“自由诗”的体裁，也有仍用普希金式的“律诗”的，也有简直无韵的。他们的散文小说只有短篇，非常谨饬严紧，然而也往往因篇幅过短内容太复而显得晦涩，然而他们的动机、文调和内容，确与俄国的世界的文坛以极大的希望。他们每每可以一个字也不谈到“工作”“劳动”，而其韵脚声调之间，都有强固健全的“劳动诗意”在内。

“文字之穷”已经过去，文字复活了，而“劳动文化”的清晨亦已来了。

除上述三派以外，派别还非常之多，（关于诗的，可以参看《小说月报》第十四卷第七号耿济之君译的布利乌莎夫之《俄国诗坛之昨今和明日》。）此外则革命的文学评论家郭冈（Kogan）和歌谣家狄美央倍德纳衣（Demiyan Bednyj）在现时亦负有盛名，然而他们在俄皇时代之革命的报章杂志里，早已占有特殊的位置了。

一九二三年，八月，三日。

附录一

俄国文学年表

一一一三年　《基辅史记》（*The Chronicle of Nestor*）编成。

一六九二年　俄罗斯的第一出戏曲在莫斯科附近排演。

（波洛慈基《浪子》一剧始行排演）

一七〇三年　俄罗斯的第一新闻纸《俄罗斯新闻》出现。

一七二五年　彼得大帝死。

科学院（The Academy of Science）成立。

一七四四年　甘底麦（Kantemir）死。

一七五〇年　泰狄契夫（Tatishchev）死。

一七五五年　莫斯科大学成立。

一七六二年　加德邻二世即位。

一七六五年　罗门诺索夫（Lomonsov）死。

一七九〇年　拉特契夫（Radishchev）的《墨斯科纪行》出版。

一七九六年　加德邻二世死。

一八〇〇年　《依鄂太子远征记》出版。

一八〇二年　助加夫斯基译格雷的《墓地》之诗。

拉特契夫死。

一八〇六年　克鲁洛夫的第一篇寓言出版。

一八一六年　陶泽文死

卡伦辛的《俄罗斯史》出版。

一八一九年　圣彼得堡大学成立。

一八二〇年　普希金的《路丝兰与陆美娅》出版。

一八二三年　格利薄哀杜夫的《聪明误》出现。

普希金的《亚尼征》(*Eugene Onegin*)第一卷出版。

一八二五年　“十二月党”起事失败。

一八二六年　李列夫绞死。

卡伦辛死。

一八二七年　普希金的《乞丐》出版。

一八二九年　格利薄哀杜夫死。

普希金的《波尔塔哇》(*Poltva*)出版。

一八三一年　普希金的《蒲里史·格德诺夫》(*Boris Godunov*)出版。

《亚尼征》全部告成。

一八三二年　歌郭里的《狄甘加农场之夜》出版。

一八三四年　歌郭里的《麦格罗特》出版。

一八三五年　歌郭里的喜剧《巡按》第一次排演。

一八三六年　察达夫(Chaadaev)的尺犊出版。

一八三七年　普希金死。

一八四一年　李门托夫死。

一八四二年　加尔莎夫(Koltsov)死。

歌郭里的《死灵》出版。

一八四四年　克鲁洛夫死。

一八四七年　歌郭里的尺牍出版。

屠格涅夫的《猎人日记》出版。

倍林斯基死。

一八四九年　彼得拉夫斯基（Petrashevsky）党人被捕。杜思退益夫斯基被放于西比利亚。

一八五六—一八五七年　莎尔条加夫（Saltykov）的《吏治杂记》（*Government Sketches*）出版。

一八五九年　阿史特洛夫斯基的《雷雨》出版。

龚察洛夫的《阿蒲洛摩夫》（*Oblomov*）出版。

一八六〇年　屠格涅夫的《父与子）出版。

一八六一年　"农奴解放"令下。

一八六二年　丕塞姆斯基的《汹险的海》出版。

一八六三年　周尼雪夫斯基的《怎样办呢？》出版。

一八六五年　李斯加夫的《无路可出》出版。

一八六五— 一八七二年　托尔斯泰的《战争与和平》出现。

一八六六年　杜思退益夫斯基的《罪与罚》出版。

一八六八年　杜思退益夫斯基的《白痴》出版。

一八七五年　阿里克塞·托尔斯泰死。

一八七五— 一八七六年　托尔斯泰的《婀娜·克利尼娜》出版。

一八七七年　尼克拉沙夫死。

一八八一年　杜思退益夫斯基死。

一八八三年　屠格涅夫死。

一八八六年　阿史特洛夫斯基死。

一八八七年　那特生死。

一八八九年　莎尔条加夫死。

一八九九年　托尔斯泰的《复活》出版。

一九〇〇年　梭罗委夫（Soloviev）死。

柴霍甫的《海鸥》出现于剧场。

一九〇四年　柴霍甫的《樱桃园》第一次排演。

	柴霍甫死。
一九一〇年	托尔斯泰死。
一九一七年	苏俄劳农政府成立。
一九一九年	安特列夫死。
一九二〇年	科洛林科死。

上表从 M. Baring 的《俄罗斯文学要略》(*Outline of Russian Literature*)里录下来，中间略有增益之处。

附录二

关于俄国文学研究的重要书籍介绍

俄国文学的研究，半世纪来，在世界各处才开始努力。他们之研究俄国文学，正如新辟一扇向海之窗，由那窗里，可以看出向来没有梦见的美丽的朝晖，蔚蓝的海天，壮阔澎湃的波涛，于是不期然而然的大众都拥挤到这个窗口，来看这第一次发现的奇景。美国与日本也都次第的加入这个群众之中，只有我们中国的文学研究者，因素来与外界很隔膜之故，在最近的三四年间才得到这个发现的消息，才很激动的也加入去赞赏这个风光。但因加入得太晚之故，这个美景，却未能使我们一般人都得去观览。现在我在此且介绍几十本关于俄国文学研究的书，聊且当做这美景的一种模糊的影片，至于要完全领略那海上的晨曦暮霭与风涛变幻的奇观，则非躬亲跑到海边去不可，决不是这几十本的书所能帮助他的。

在这几十本书里，最大多数是用英文写的。德文与法文的，因我不懂，不能举出。日文的书籍也只举数种。

第一类　一般的研究

（一）俄国文学要略　巴林著

M. Baring—Outline of Russian Literature

此书是《家庭大学丛书》（*Home University Library*）之一，叙述很简明，初次研究俄国文学的人，这本书是必须看的。他的出版公司是伦敦的伦敦与诺威契印刷公司（The London and Norwish Press）。

（二）俄国文学论　巴林著

M. Baring—Landmarks in Russian Literature

此书研究俄国十九世纪的几个重要作家，如歌郭里、托尔斯泰、屠格涅夫、杜思退益夫斯基及柴霍甫等数人。第一二章论俄国人的特性及俄国的写实主义，尤足以使我们读之明白俄国文学的特质所在。他的出版公司是伦敦的麦辛公司（Methuen and Co.，Ltd），第一版出现于一九一〇年三月。

（三）俄国的人民　巴林著

M. Baring—Russian People

此书虽非专论俄国文学，但对于研究俄国文学者却很有用处。出版处也是麦辛公司。（？）

（四）俄罗斯印像记　勃兰特著

G.Brandes—Impressions of Russia

勃兰特是丹麦现代最大的批评家。此书前半泛论俄国的一般情形，后半专论俄国的文学。他的评论深入而允当，是一部不朽的作品。原书出版于一八八八年。英译本出版于一八八九年。英译本的出版公司是伦敦的史各得书局（Walter Scott）。

（五）俄国文学史　白鲁克纳著

A. Bruckner—A Library History of Russia

此书为伦敦奥文公司（T. Fisher Unwin）所出的《文学史丛书》之一。原著者白鲁克纳是柏林大学的斯拉夫文学教授。英译本出版于一九〇八年。全书共分十九章，自古代一直叙到安得列夫诸作家，是一部很详细的很好的俄国文学史。

（六）俄罗斯　芬宁编

C. E. Fanning—Russia

此书出版于一九一八年，系搜集当时各杂志中论俄国的政治、宗教及文学等论文而编成者。有几篇很可以供我们的参考。他的出版处是纽约的韦尔逊公司（The H. W. Wilson Co.）。

（七）托尔斯泰　皮陆加夫著

Birukoff—Leo Tolstoi

此书是研究托尔斯泰的一部很好的书，出版处是史克里纳公司（Charles Scribner's Sons）。

（八）俄国文学的理想与实质　克洛巴特金著

P. Kropotkin—Russian Literature:Ideas and Realities

克洛巴特金为著名的无政府主义者，他的关于亚洲地理的发现，在科学史上是一件不朽的工作，他的这部《俄国文学的理想与实质》，在俄国文学上也是一部不朽的作品。全书共有八章，从古代民间文学到最近的作家，都有明晰而同情的叙述。初版在一九四五年出现，到了一九一六年，他自己又加以修改及增订。出版处是伦敦的突克华司公司（Duckworth and Co.）。

（九）托尔斯泰传　穆特著

Maude—Life of Tolstoi

此书为许多托尔斯泰传中的最著名者，共有二册，铎特公司（Dodd，Mead and Co.）出版。

（十）俄罗斯的精神　马沙里克著

T. G.Masaryk—The Spirit of Russia

此书为捷克斯拉夫第一任总统马沙里克所著，是研究俄国的历史，文学与哲学的。全书共有二大册，原著为德文，英译本出版于一九一九年，出版处为伦敦，佐治爱伦与奥文公司（George Allen and Unwin Ltd.）。

（十一）托尔斯泰及杜思退益夫斯基　米列加夫斯基著

Merejkovsky—Tolstoi as Man and Artist

米列加夫斯基为俄国现代很著名的批评家，此书论托尔斯泰，其后并附论杜思退益夫斯基的一文。许多人论到托尔斯泰及杜思退益夫斯基时常称引他的话。英译本出版于一九〇二年，出版处为伦敦的君士特泼尔（Constable）公司。

（十二）俄国的诗歌与进步　纽马契著

Rosa Newmarch—Poetry and Progress in Russia

此书专论俄国的诗人，自普希金以前的几个诗人起，很详细的论到普希金、李门托夫，民众诗人的加尔莎夫、尼克拉莎夫、尼吉丁至堕废派诗人那特生等为止。并附载他们的诗歌几篇。一九〇七年出版，出版处是伦敦的约翰兰（John Lane）公司。

（十三）俄国文学的研究　居利著

A. L. Guthrie—Russian Literature:A Study Outiine

此书出版于一九一七年，出版处是韦尔逊公司（H. W. Wilson）。

（十四）俄国文学考略　赫甫郭特著

I. F. Hapgood—Survey of Russian Literature

此书出版于一九〇二年，出版处为 Chantauqua Press。书中并载许多名家诗文的选篇。

（十五）杜思退益夫斯基研究　穆雷著

J.M. Murry—Fyodor Dostoievsky：A Critical Study.

此书研究杜思退益夫斯基的重要作品及他的生平与思想。初版一九一六年发行，伦敦麦丁·谢甲公司（Martin Seeker）出版。

（十六）俄国文学指要　奥尔琴著

M. J. Olgin—A Guide to Russian Literature

此书很重要，一八二〇年至一九一七年间的重要作家，都已被其包括在内。每个作家都有一篇评传，并附以俄国批评家的话。他们的重要著作也都加以述评。第一版出现于一九二〇年，出版处是纽约的哈考特公司（Harcoust，Brace and Howe，Inc.）。

（十七）现代的俄国小说家　朴斯基著

Serge Persky—Contemporary Russian, Novelists

此书出版于一九一三年，出版处是 Luce 公司。

（十八）俄国小说家评传　菲尔甫著

W. L. Phelps—Essays on Russian Novelists

此书的评论很有独到之处。最初论俄国国民性，其次论歌郭里、屠格涅夫、杜思退益夫斯基、托尔斯泰、高尔基、柴霍甫、阿志巴绥夫、安得列夫及科卜林等作家。第一版出现于一九一一年，出版处是纽约的麦美伦公司（The Macmillan Company）。

（十九）俄国文学史略　萧诺夫斯基著

Shakhnovsky—A Short History of Russian Literature

此书原著为俄文，简略而不漏，英译本出版于一九二一年，又加上一章，叙托尔斯泰至现代的文学。（为托姆开夫 S. Tomkeyev 所作）出版处是伦敦的克甘·保罗公司（Kegan Paul，Trench, Trubner and Co.）。

（二十）柴霍甫及其他　谢司托夫著

Leon Shestov—Anton Tchekhov and other Essays

此书非专论俄国文学者，共有论文四篇，第一篇论柴霍甫，第二篇论杜思退益夫斯基，议论都很精湛。英译本出版于一九一六年，由杜不林（Dublin）的孟萧尔公司（Maunsel and Co.）出版。

（二十一）杜思退益夫斯基评传　梭罗委夫著

Evgenu Soloviev—Dostoievsky : His Life and Literary Activity

此书为重要的研究杜思退益夫斯基的性格及作品之书，批评正确而深入，矫正前人的错误的评论不少。英译本出版于一九一六年，出版处为伦敦的佐治爱兰与奥文公司（GeorgeAllen and Unwin, Ltd.）。

（二十二）俄国的小说　孚格著

Vogue—The Russian Novel

此书出版于一九一六年，出版处为克诺特（Knoft）公司，论俄国小说的特质及发达。

（二十三）俄国文学史　瓦里谢斯基著

K. Waliszewsky—Russian Literature

此书为哥司（E.Gosse）编辑的《世界文学史丛书》之一，据著者自言，系专供英国向未与俄国文学接触的人之用，所以内容很简明，但略有错误之处，不如上举之巴林的《俄国文学史略》之瞻实。第一版出现于一九○○年，出版处为伦敦的海尼门公司（William Heinemann）。

（二十四）俄国的神奇故事　魏劳编

Wheeler—Russian, Wonder Tales

此书为伦敦 A. and C. Black 公司出版。

（二十五）俄国人的解释　委纳著

Leo Wiener—An Interpretation of the Russian People

委纳为美国著名的斯拉夫文学研究者。他的《俄国文学选》（见下）已博得不少人的称许。他前为哈佛大学斯拉夫文学的助教，现则为此科的教授。此书虽非专论俄国文学，而对于俄国国民性解释得极为详尽，是研究俄国文学者所不能不看的书。一九一五年初版，出版处为纽约的“McBridge，Nast and Company”。

（二十六）俄罗斯人的俄罗斯　威廉著

H. W. William—Russia of Russians

此书为著名的《国家与人民丛书》（*Countries and Peoples Series*）之一，对于俄国的历史、宗教、政治、实业以及剧场、绘画、音乐等都有简括的叙述。其中第六章是论文学的：自八十年代说起，讲到现代的几个作家止。一九一四年初版，由伦敦的依萨克·僻得曼公司（Sir Isaac Pitman and Sons,Ltd.）出版。

（二十七）露国现代之思潮及文学　升曙梦著

升曙梦为日本现代最著名的俄国文学研究者。日本现代文学，极受俄国文学的影响，升曙梦于此是有很伟大的功绩的。此书由东京新潮社出版，大正四年初版发行。全书分二编，前编叙柴霍甫、高尔基至最近诸新进作家，后编叙美列兹加夫斯基及其他诗人与诸批评家，诸女流作家，实为一部很重要的著作。

（二十八）露国近代文艺思想史　升曙梦著

此书大正七年出版，由东京大仓书店出版，是一部研究俄国近代文艺思潮的极重要的书。这一类的书，在英文里几乎绝无仅有，所以升曙梦此书对于我们是极有用处的。内容共分十二章，自“序说”至“最近之文艺思想问题”，处处都足以供我们的研究。

（二十九）俄国文学研究　沈雁冰编

中国到现在还没有一部系统的研究俄国文学的专书，此书可算是这一类书中的第一部。内容除译丛、附录之外，共有论文二十篇，读之略可窥见俄国文学的一斑。初版一九二一年发行，为《小说月报》第十二卷的号外。（商务印书馆出版）

第二类　英译的俄国重要作品

（一）俄国文学选　委纳编

Leo Wiener—Anthology of Russian Literature

此书共二大册，第一册选十世纪到十八世纪末的诗文，第二册选十九世纪的诗文，为很重要的一部关于俄国文学的书，克洛巴特金也非常称许他。初版一九〇二年发行，由纽约扑特南公司（G. P. Putnam's Sons）出版。

（二）俄国的诗人与诗　杰令助夫编

N. Jarintzov—Russian Poets and Poems

此书一九一七年出版，出版处为郎漫公司（Longmans）。

（三）近代俄国诗选　特契等编

Deutsch and Yarmolinsky—Modern Russian Poets: An. Anthology

此书为赫考特公司（Harcoust，Brace and Company）出版。

（四）英译俄文选　皮和弗编

Bechhofer—A Russian Anthology in English

此书篇幅不多，而包罗甚广，重要的小说家及诗人差不多都已被收集在内。初版一九一七年发行，伦敦克甘·保罗公司（Kegan Paul, Trench, Trubner and Co.）出版。

（五）近代斯拉夫文选　席尔孚编

P. Selver—Anthology of Modern Slavonic Literature

此书也是篇幅少而所包甚广的，共分二部分，第一部分选散文，第二部分选诗歌。所选的不仅限于俄国，且及于乌克兰、波兰及捷克等国。初版一九一九年发行，也是伦敦的克甘·保罗公司出版。

（六）近代俄诗选　席尔孚编

P. Selver—Modern Russian Poetry

此书也是伦敦克甘·保罗公司出版的，第一版一九一七年发行。全书都是英俄文对照。

（七）俄国小说　集拉哥辛编

Z. D. Ragozin—Little Russian Masterpieces

此书共有四册，选普希金至克洛林科诸人的短篇小说，初版一九二〇年发行，纽约扑特曼公司（G. D. Putman's Sons）出版。

（八）俄国最好的短篇小说　谢尔兹编

T. Seltzer—Best Russian Short Stories

此书为《近代丛书》之一，自普希金、歌郭里至科卜林都有作品在内。初版一九一七年发行，纽约波尼公司（Boni and Liveright, Inc.）出版。

（九）屠格涅夫著作集　格尼特译

The Works of Turgenev, Translated by Constance Garnett

此书共有十五册，一九〇六年出版，出版处为伦敦海尼门公司（Heinemann）。

（十）托尔斯泰全集　委纳译

The Complete Works of Count Tolstoi, Translated and Edited by Leo Wiener

此集共有二十四册，一九〇四—— 一九〇五年出版，出版处为伦敦但特（Dent）公司。

（十一）杜思退益夫斯基作品集

The Works of Dostoevsky

杜思退益夫斯基的作品近来译出来的很多，自《苦人》《死人之屋的回忆》至《卡拉麦助夫兄弟》都已出版，出版处是纽约的麦美伦公司（The Macmillan Company），翻译的人即为译《屠格涅夫著作集》的格尼特（Constance Garnette）。

（十二）柴霍甫小说集

The Tales of Anton Tchekhov

此集亦为格尼特（Garnette）所译，已出版者有《亲爱者及其他》《决斗及其他》《太太与狗及其他》《妻子及其他》《歌女及其他》等八本，其余尚在译印中。出版处是伦敦的卡图与文突司（Chatto and Windus）公司。

（十三）现代丛书中的俄国文学作品

A few Russian books in the Modern Library

《现代丛书》为纽约波尼公司（Boni and Liveright，Inc.）所刊行，现已有八十余种出版，其中俄国小说很多。如杜思退益夫斯基的《苦人》，屠格涅夫的《父与子》《烟》，安得列夫的《七个绞死者》与《红笑》，托尔斯泰的《依文依利契之死》以及《俄国最好的短篇小说》等等都是。

（十四）万人丛书中的俄国文学名著

A Number of Russian Novels in Everyman's Library

《万人丛书》为现代英文的丛书中规模最大者，已出版的历史、科学、小说、戏曲、诗歌、哲学、论文集、游记等等，自希腊、希伯莱以至最近的作品，差不多有好几百种以上。其中关于俄国的文学名著，已陆续出版得不少，如歌郭里的短篇小说，托尔斯泰的《战争与和平》《婀娜小传》，屠格涅夫的《荒土》，高尔基的小说集，杜思退益夫斯基的《苦人》及其他，《死人之家》等等都是。出版处在英国为伦敦的但特公司（J. M. Dent and Sons），在美国为纽约的杜顿公司（E. P. Dutton and Co.）。

（十五）海尼门万国丛书中的俄国文学作品

A Few Russian Novels in Heinemann's International Library

《海尼门万国丛书》为伦敦海尼门（W. Heinemann）公司所出版，由哥司（E. Gosse）任编辑之责。已刊行者有二十余种，多为北欧、西班牙、波兰、法、德、意大利、保加里亚诸国著名作家的著作，其中关于俄国者，有龚察洛夫的《日常的故事》及托尔斯泰的作品等数种。

（十六）世界文学丛书中的俄国文学作品

A Few Russian Books in the World's Classics Series

《世界文学丛书》为伦敦奥斯福大学出版部（Oxford University）所刊行，已出版者有二百余种，以英国作家的著作为最多。其中关于俄国的，有尼克拉莎夫的《在俄国有谁能快乐自由呢？》（诗）及托尔斯泰的《复活》《婀娜小传》《哥萨克人》《二十三故事集》《论说与尺牍》等数种。

（十七）突克华士公司出版的俄国文学著作

Russian Literature,Published by Duckworth and Co.

伦敦突克华士公司陆续的出版了不少的俄国文学名著，如柴霍甫的《黑衣僧及其他》（小说）、《接吻及其他》（小说）、《戏曲集》，高尔基的《奸细》《二十一男与一女》，迦尔洵的《旗语及其他》（小说），安得列夫的《戏曲集》《压碎之花及其他》《大时代中小人物的忏悔》等都是。其中的大多数都是列在这个公司出版的《读者丛书》（*The Reader's Library*）里的。

（十八）麦丁谢甲公司出版的俄国小说

Russian Novels,Published by Martin Seckes

伦敦麦丁谢甲公司所刊的俄国小说，都是关于梭罗古勃及阿志巴绥夫二人的，梭罗古勃的小说已译出的有《老屋》《小魔鬼》《创造的传说》等数种，阿志巴绥夫的小说，已译出的有《沙宁》《破点》《革命的故事》《富翁》等数种。

（十九）孟萧尔公司出版的近代俄国文学丛书

Modern Russian Library,Published by Mannselo and Co.

孟萧尔公司在爱尔兰首都杜白林（Dublin）。其所刊行的《近代俄国文学丛书》，所收的都是很著名的作品，如科卜林的《生命之河及其他》，路卜洵的《灰色马》等，都是别的丛书里所未见的。

（二十）其他各出版公司所刊的俄国名著

除了上面所举的以外，尚有许多美英出版公司，曾刊行俄国文学著作的，如高尔基的著作大概都是世纪金司（The Cetury Co.）所出版，李门托夫、歌郭里、高尔基及安特列夫诸人的作品，也有不少种由克诺特公司（Alfred A. Knopf）译印，伦敦的佐治·爱伦与奥文公司（George Allen and Unwin，Ltd.）也出版了龚察洛夫的《阿蒲洛摩夫》，安特列夫的《人的一生》，等等，这里因为篇幅关系，不能一一列举了。

第三类　中译的俄国文学名著

中国在最近二三年前，才动手翻译俄国的名著，虽以前也曾零星的译了几种进来，但绝未引人注意。所以这里所举的，以最近所译的为主。

（一）普希金的著作

《安必丹之女》，安寿颐译，《俄国文学丛书》本（商务印书馆出版）。

（二）歌郭里的著作

《巡按》，贺启明译，《俄国文学丛书》本。

（三）阿史特洛夫斯基的著作

1.《雷雨》，耿济之译，《俄国文学丛书》本。

2.《贫非罪》，郑振铎译，《俄国文学丛书》本。

3.《愁与罪》，柯一岑译，《共学社丛书》本。

（四）屠格涅夫的著作

1.《前夜》，沈颖译，《俄国文学丛书》本。

2.《父与子》，耿济之译，同上。

3.《村中之月》，耿济之译，同上。

4.《猎人日记》，耿济之译，《小说月报》十二卷至十五卷，未译完。

（五）托尔斯泰的著作

1.《艺术论》，耿济之泽，《俄国文学丛书》本。

2.《复活》，三册，耿济之等译，同上。

3.《托尔斯泰短篇小说集》，瞿秋白、耿济之等译，同上。

4.《黑暗之势力》，耿济之译，同上。

5.《教育之果》，沈颖译，同上。
6.《活尸》，文范村译，《共学社丛书》本。
7.《黑暗之光》，邓演存译，同上。
8.《婀娜小史》，四册，陈家麟等译，中华书局出版。
9.《假利券》，杨明斋译，商务印书馆出版。

（六）柴霍甫的著作

1.《海鸥》，郑振铎译，《俄国文学丛书》本。
2.《樱桃园》，耿式之译，同上。
3.《万尼亚叔父》，耿式之译，同上。
4.《伊凡诺夫》，耿式之译，同上。
5.《柴霍甫短篇小说集》，耿济之译，同上。

（七）安特列夫的著作

1.《小人物的忏悔》，耿式之译，《文学研究会丛书》本《商务印书馆出版》。
2.《人的一生》，耿济之译，《文学研究会丛书》本。
3.《狗的跳舞》，张闻天译，《文学研究会丛书》本。

（八）阿志巴绥夫的著作

《工人绥惠略夫》，鲁迅译，《文学研究会丛书》本。

（九）路卜洵的著作

《灰色马》，郑振铎译，《文学研究会丛书》本。

跋

本书的第十四章，为瞿秋白君所作，全书写成后，又曾经他的校阅。这是应该向他道谢的。

本书似乎太简单，又是匆匆的写成，一切的疏误之处，俱待以后再补正。瞿秋白君近亦编好了一部《俄罗斯文学》，将在商务印书馆出版（为《百科小丛书》之一），其编制与本书不同，读者很可以拿来参看。

本书的许多插图，都是为了本书而特制的，有许多是外间向来没有见过的。

郑振铎　十三，一，八二。